武馬久仁裕

俳句の不思議、楽しさ、面白さ

——そのレトリック

黎明書房

まえがき

この短すぎる俳句という文芸は、文芸として成り立つために、様々なレトリック（言い回しなどの言葉の仕掛け）を駆使します。そのレトリックの様々な在り方に、俳句の成り立ちの不思議さ、面白さがあります。

たとえば、当たり前と思っている「縦書き」です。

まさをなる空からしだれざくらかな　富安風生

これは、真っ青な空から枝垂桜が垂れ下がっている様子を詠ったものですが、これをネットのように横書きで表わしては、この句の美しさを楽しく味わうことはできません。風生は、「縦書き」というレトリックの力を十分に発揮させています。

こゝにある離宮裏門竹の秋　高浜虚子

この句には、「竹の秋」という春の季語があります。竹は春に葉が黄色くなるので「竹の秋」と言います。しかし、句をよく見てください。まるで秋のような寂しさです。ところが実は春なのです。句を読む時、このずれを楽しみます。

「竹の秋」のように、別の季節のイメージが斜めに重なって来るような季語がいくつもあります。私が「はすかいの季語」と呼ぶレトリックです。

次に、河東碧梧桐の代表作を見てみましょう。

赤い椿白い椿と落ちにけり　　河東碧梧桐

ここでは、なぜ「白い椿」でなく、「赤い椿」が先に来ているのでしょう。それには、わけがあります（そのわけは、この本の「12　赤と白の順序」をお読みください）。

このように、俳句のレトリックから俳句を読むと、俳句の不思議さ、面白さがよく見えてきます。

この本をきっかけにますます俳句が好きになり、ますます俳句を楽しんでいただけるようになれば、これに勝る喜びはありません。

二〇一八年八月一日　　武馬久仁裕

目次

目　次

1 縦書き

「縦書き」と言っても難しいことではありません。

俳句は基本的に一行棒書きで、縦に書かれます。これによって、俳句は、作者や読者の前に、上から真っ直ぐに垂れ、降りて来て、そして完結します。

作者や読者の前に、俳句はしっかりした垂直性を持って現れるというわけです。

俳句を、上から下への垂直運動の視点で述べてみましょう。

たとえば、新興俳句の旗手として名高い高屋窓秋《たかやそうしゅう》（一九一〇－一九九九）の次の句を見れば一目瞭然です。昭和八年の句です。


ちるさくら海あをければ海へちる　　高屋窓秋

一番上と一番下に「ちる」が置かれ、途中に「海」が二度置かれているのは、さくらの花びらがはらはらはらはらと次々に海へ散っていく様を表現するためです。まさに、さくらの花びらは、この句の上から下へと限りなく散っているのです。

また、海を除いてすべてひらがななのは、ひらがなすべてが、さくらの花びらの形がイメージされたもの（形象化）となっているためです。

俳句の垂直性に基づいて書かれた美しい句です。

美しい句と言えば、現代のこの句も負けてはいません。

皿割れて絵の花割れて春のくれ　池田澄子

皿の割れる様に、さらに皿に描かれた色鮮やかな絵の花が割れて散る様が重なっています。この句を前にして、私は、その美しさにしばし呆然とするのです。

現実には、絵皿が落ちて割れ散った様子かもしれません。しかし、俳句の持つ垂直性と、それに基づく「皿割れて絵の花割れて」の「割れて」の繰り返しが、読む者に、あたかも美しい絵皿が割れて、花の破片が春の暮れの中に落下して行くかのような光景をイメージさせるのです。

華やかさと儚さが同時に胸に迫り、甘美な光景となっています。

これら二句を読んだだけで、インターネット上に、俳句が横書きで表記されることの味気なさがお分かりでしょう。本来縦書きで書かれ、縦書きで読まれることを期待された句を、横書きで読むなど、本当の鑑賞ではないと思います。

横書きで表記されて良いのは、鑑賞用ではなく資料として集積する場合か、初めから横書きで書かれた句ぐらいです。ただ、その場合も、横書きで書く必然性がなければならないことは、言うまでもありません。

では、続けて、いくつかの句を読んでみましょう。

すかんぽのぽっきり折れてから放浪　　栖村舞

す・か・ん・ぽ・の、とひらがなで一字ずつ書かれ、しだいに春の野草「すかんぽ」の立ち姿が現れて来ます。そして、「すかんぽ」が姿を現したとたん、「すかんぽ」の「ぽ」と同じ音が現れ、「すかんぽ」は「折」の辺りで「ぽっきりと折れて」しまうのです。「すかんぽのぽっきり折れてから」までの間に漢字が一字だけなのはそのためです。折れたすかんぽ*のイメージが、句の姿形《すがたかたち》によって表わされているのです。

そこで、折れたすかんぽには用はないとばかりに、句中の人物は放浪の旅に出るのです。かすかな酸っぱさを口中に残したままの当てもない旅立ちですが。「すかんぽ」―「ぽっきり」と来て、「ほうろう」と来る感じが当てもない旅立ちにぴったりです。
次に雪の句を読んでみましょう。

天も雪を見るらし雪の降りはじめ　鎌倉佐弓

「天」、「雪」という順序で上に置かれています。それは、雪は天から降ってくるものだからです。そのため、自然に句の上の方に置かれます。読者は、それを自然なイメージとして受け入れるのです。

ただ、古来「天」は「空」と違い、人格を持った存在です。万物の生みの親であり、有情のものです。この句においても、降り始めた雪を見上げ、人物は空ではなく天の存在を感じました。だから、天が、自ら降らせた「雪」をいとおしく見ているように思ったのです。とくにまばらに、頼りなげに地上に降り始めた雪に対しては。
上の雪と中ほどの雪と、雪が二つあることによって、天から雪が降って来る様子がこの句からはっきりと見えて来ます。美しい句です。

雪降れりただひとすじの自己主張　新井明子

雪しんしん昭和の顔して丸ポスト　　蜂屋純江

これら二句も、共に「雪降れり」「雪しんしん」と「雪」を上五に持って来ています。その理由は、前述した通りです。

新井明子は、その降り積もった雪の上に一筋の道を見ます。その道は明子が歯を食いしばって歩いてきた道です。

蜂屋純江は、しんしんと降る雪の中に、何十年、いやもしかして百年近くを経てなおも直立する愚直な愛すべき、昭和の顔をした丸い赤いポストを見るのです。そのポストの顔に、純江は同じ昭和を生きてきた自分の顔を重ねて見るのです。「しんしん」は、遠い所から音もなく身体に沁みてくるほどの寒さを伴って降って来る雪の形容だけでなく、雪片が天から降って来る姿を表わしています。「しんしん」のひらがな一つ一つが雪片なのです。共に味わい深い句です。

ついでに、西東三鬼《さいとうさんき》（一九〇〇－一九六二）の雪の名句を紹介しましょう。これも、俳句の垂直性なくしては表現できない世界です。

限りなく降る雪何をもたらすや　　西東三鬼

次に鈴木六林男《むりお》（一九一九―二〇〇四）の戦争俳句の金字塔、

遺品あり岩波文庫「阿部一族」　　鈴木六林男　　昭和十七年

の構造について考えてみましょう。この句は、くくりの大きなものから小さなものへと、上から下へ書かれています。図で書けば下のようになります。

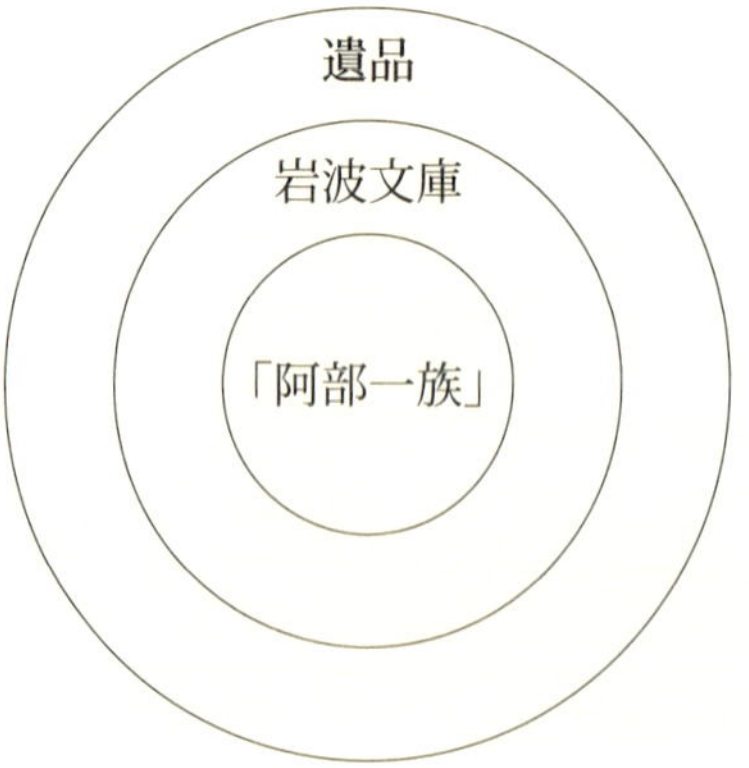

結果、俳句の垂直性により、上から遺品↓岩波文庫↓「阿部一族」と読み進むにつれ、この遺品の持ち主＝死者の人物像へと迫っていくことになります。「遺品あり」と万感を込めて書き出し、「『阿部一族』」と死者を偲び収めた、遺品の主の死の意味を問うた句です。

この句と同じ構造を持っている石川啄木（一八八六―一九一二）の『一握の砂』の次の歌でこの項を終えることにします。

東海の小島の磯の白砂に
われ泣きぬれて
蟹とたはむる　　　　石川啄木

東海↓小島↓磯↓白砂↓われ↓蟹と上からクローズアップされて行くかのようなこの歌は、与謝野鉄幹が主宰する『明星』に掲載された時は、一行棒書きだったそうです。

＊酸葉（すいば）。

2 上にあるもの、下にあるもの

俳句での縦書きの面白さについて、さらに詳しく述べてみましょう。縦書きだから、当然上と下があります。そのため、先にも述べましたが、普通、俳句では、イメージとして上に来るものは上に、イメージとして下に来るものは下に来ています。

昇降機しづかに雷の夜を昇る　　西東三鬼

この句において、昇降機は「雷の夜を昇る」ものとしてあります。下るものではありません。だから、「昇降機」という言葉は、上五に来ているのです。ちなみに、西東三鬼が戦前治安維持法で逮捕された理由の一つがこの句です。特高の言うには、昇降機は共産主義思想で、それが昂揚するのだそうです。＊

次の二句はどうでしょう。

雪くるかからだのなかをくねり管　鳥居真里子

逆立ちは三秒ぐらい秋の空　平きみえ

一目見れば、納得の言葉の配置になっています。上に来るべき言葉は上に来、下に来るべき言葉は下に来ています。日本語の書き言葉は、縦書きに沿って千年以上に渡り洗練されて来ましたので、無意識のうちにこのような表現の形を取るのです。これが、また一句にリアリティを増すレトリックの一つとなっています。

鳥居真里子の句は、天から降って来る「雪」が、からだの中をくねりながら上から下へと降りてくる様子が書かれていますので、「雪」は一番初めすなわち縦書きで言えば、一番上に来ています。

それから、「雪」の後「くるかからだのなかをくねり」までがひらがなになっているのは、落下する雪のひとひらひとひらが、ひらがなによって形象化されているためだと言ってよいでしょう。最後に「管（くだ）」が漢字になっているのは、雪がくねりながら来るのは、くねっている管の中をあたかも来るようだというイメージです（もちろん、「管」は、「下《くだ》（る）」を面影に持っています）。

この管は漢字で表現されることによって、作者の身体の中で存在感をもってとらえられていることを示しています。くねるという言葉と相俟《あいま》って、官能的な姿形の美しい句となっています。「雪くるか」の「か」は、雪がからだの中をくねりくることに、読者にリアリティを与える仕掛けです。

平きみえの句は、一読納得の一句ですね。逆立ちと言えば、天地がひっくり返るイメージですから、本来、正岡子規《まさおかしき》（一八六七－一九〇二）の

秋の空露をためたる青さかな　　正岡子規

の句のように上にあるはずの「秋の空」は、下に置かれることになるのです。

しかし、この緊張の三秒間に存在した、逆立ちした人に見えなかった秋の空の美しさを、読者は、平きみえの句に見ることができるのです。なぜかと言えば、「秋の空」と現に一句に書かれているからです。

では、飯田龍太（一九二〇－二〇〇七）の次の句はどう考えればよいでしょうか。

去るものは去りまた充ちて秋の空　　飯田龍太

これは、「去るものは去りまた充ちて」が主題ですので、先に来ているのです。すなわち、自らに去来する様々なことを秋の空に去来する雲と重ねて感慨にふけっている句です。「秋の空」を先に持って来ますと、「去るものは去りまた充ちて」が、秋の空を行き交う雲のことに収斂《しゅうれん》してしまいます。だから、「秋の空」が下五に来ているのです。

また、雪や空ではありませんが、位置が重要な働きをしている場合があります。

長梯子大寒の樹にかけられて　　いずみ凛

上五の「長梯子」は、上に置かれた言葉がないこと（空白）によって空に向かって伸びている長梯子のイメージが現れます。そして、そのあとに「大寒」が来ることによって、厳しい寒気でピンと張りつめた大空と大樹が現れます。その大樹にかけられているのが、他でもない「長梯子」というわけです。

この句には、大寒の空の下、天への道を指し示し、天へ誘うがごとく大樹にかけられた一本の長梯子をじっと見つめる、一人の人物が見えて来ます。

最後に、とても美しい句を一つ紹介し、この項を終えます。

まさをなる空からしだれざくらかな　　富安風生

富安風生《とみやすふうせい》（一八八五―一九七九）の句は、上にあるべきものは上に、下にあるべきものは下にあります。そして、真っ青な空から枝垂桜は、地上にむかって垂れ下がって来ています。真っ青な空と桜のピンク色の対比も、読者に見事にイメージさせます。そして、空を間にしてすべてひらがななのは、空の上のひらがなが、まさをなる空という空間を、空の下のひらがなが、空の下に垂れ下がっている枝垂桜の枝の形象になっているのは言うまでもありません。

上のように、この名句をネット上で横書きにして鑑賞するなど理解できることではありません。

＊「俳愚伝」（西東三鬼著『冬の桃』毎日新聞社、一九七七年所収）

まさをなる空からしだれざくらかな

3 はすかいの季語

季語は、俳句に季節感をもたらす機能を持っている語だと言われます。それはそうかもしれません。しかし、季語自体は一つの言葉です。だから、一つのイメージを持った言葉としても読む必要があります。

たとえば、「風花《かざはな》」です。風花は晴天に風に乗ってどこからともなく吹かれてくる雪ですが、「花」という言葉に注目する必要があります。「風花」は、その実態は雪ですが、花＝桜のイメージを背後に持っています。そのため、雪に、散る桜の花のイメージを重ねて読むことで美しい光景が現れ、「風花」という季語の読みは完成するのです。このように読まなければ、単に風に乗って来たちらつく雪のままです。

次のような句があります。

風花や衣山町は坂の町　森川大和

今、風花が、都の衣笠山を思わせる衣山（きぬやま）という美しい名の町を、包み込んで舞っています。舞い散る桜をおぼろにイメージさせつつ風花の舞う衣山の町は、一句においては雅な情趣深い坂の町なのです。

「風花」と似たポピュラーな季語に、「麦の秋」「麦秋」があります。「風花」は、「風の花（春）」なのに「雪（冬）」であるというように季節がずれています。夏の季語「麦秋」「麦の秋」の場合は、季語を構成する言葉そのものがずれています。こうした内に季節のずれを持つ季語のことを「はすかいの季語」と呼ぶことにします。

では、「麦秋」の句を読んでみましょう。

クレヨンの黄を麦秋のために折る　　林　桂

この句の見どころは、「黄のクレヨン」ではなく、「クレヨンの黄」になっているところです。句の中の人物が、クレヨンが内に持っている「黄」それ自体を、クレヨンを折ることによって一面の麦秋の世界に解放し、麦秋の黄をさらに黄色く染め上げようとしているのです。黄がさらにまさった、さらに美しい麦秋が一句に立ち現れるのです。

これが、私のこの句の読み方ですが、この句がどのような状況を描いているかを読み取ろうとする人たちにとっては、「子どものころの思い出だ。ちょうど今頃の田園風景を写生していて、一面の麦畑を描くのに『クレヨンの黄』を頻繁に、しかも力を込めて描いていたので、ポキリと折れてしまった。『しまった』と思ったが、もう遅い。仕方なく、折れて短くなったクレヨンで描きつづけたのだろう。短いクレヨンは描きにくいということもあるが、子どもにとってのクレヨンは貴重品だから、まずは折ってしまったそのことに、とても動揺したにちがいない。それが証拠に、大人になっても作者はこうして、麦秋の季節になるとそのことを思い出してしまうのだから……。そんな子ども時代の失敗も、しかしいまでは微笑しつつ回顧することができる。」（清水哲夫「増殖する俳句歳時記」）となるのです。

これは、一句を、誤って大切なクレヨンを折ってしまった子ども時代へのノスタルジアを語った散文にもどしただけに過ぎません。言葉の芸術である俳句の鑑賞とはちょっと違うようです。だから、「読者の方から、わざとクレヨンを折って、すなわちエッジを立てて麦の穂を描いた。と、体験談をいただきました。そうですね、『麦秋のために』の「ために」は、『わざわざ』という意味を含みますから…。『麦秋のせいで』と解釈した私の解釈は、ゆらいできました。」となるのです。

このような一句を特定の状況や体験に引きもどす散文的な読み方をすれば、どんなことでも言えます。体験は人それぞれだからです。先の清水哲夫のような読み方もできないことではありません（わざとクレヨンを折った「読者の方」よりこちらの方が詩的でないこともないですが）。「わざわざ」の意味を含まない「ために」もあるからです。

しかし、いずれにしても、五七五に乗った言葉の展開が生み出す美を読み取ることのない議論は、あまり意味がないように思われます。

と、ここまでが、「クレヨンの黄」の句の私の読み方です。次に、本題の「麦秋」という「はすかいの季語」について述べてみましょう。

「麦秋」は、いくら秋がついていても、秋の季語とする人はいないでしょう。まぎれもなく夏の季語です。しかし、林桂の「クレヨンの黄を麦秋のために折る」を読んだ時、そこにはある種の爽快感が生まれます。それは、なぜでしょう。それは「麦秋」という言葉に秘密があるのです。

多くの歳時記は、麦秋の「秋」は、実りの時ということであると述べていますが、この麦秋という言葉は、実りの時ということにとどまりません。「麦秋」という言葉通りに、秋それ自体のイメージを背後に持っているのです。爽やかな感じはそこから生まれます。

歳時記などによる先入観にしばられて言葉を味わうのではなく、書かれている言葉そのものに即し一句を味わうのです。そうすることによって、もっと自由に新鮮に、深く一句を味わうことができます。「麦の秋」の句も紹介しましょう。

窯出しの皿割つてゐる麦の秋　　岡本千尋

窯出しのあと、失敗作を容赦なく、惜しげもなく割っています。その割った焼き物の破片が、焼き物の割れる音と共に、麦秋の黄の世界へと飛び散る様が見えてきます。そして、この句においては、音を立てて割ったその破片が飛び散る様を、読者は不快感をもって受け取ることはありません。それはなぜでしょうか。

一つは、「麦の秋」から、黄に輝く美しい麦畑をイメージするためですが、もう一つ見落としてはいけないことがあります。

それは、先に「麦秋」の句でも述べましたように「麦の秋」という語が、「秋」という語を含んでいることです。重ねて言えば、「麦の秋」は、秋を背後に持っているのです。そのため、この句においても「クレヨンの黄」の句と同様に爽快感が生まれます。

それゆえ、長時間かけて焼いた末に、おびただしい作品を壊すという、本来悔しさに満ちた行為であるはずのものが、麦の秋の美と爽快感に身を投げ出すという行為へと転化するのです。陶芸家の潔い生き方が、この句には書かれています。

単に麦にとっての実りと収穫の時だから、「麦」に「秋」がついているのだ、と単純に納得して読み過ごしてはなりません。どんな言葉であろうと、常に新鮮な気持ちで、一語一語に接することが大切です。

「麦の秋」の句を、もう一つ読んでみましょう。

逃亡を麦の秋とおもいけり　　高橋比呂子

この句の眼目は、逃亡する時を単に「秋」と思い定めず、「麦の秋」としたところです。春夏秋冬と循環する秋ではなく、その四季の循環から外れた「秋」、すなわち「麦の秋」としたところです。その外れた秋ゆえに中七は、字足らずとなり、滞るのです。

「麦の秋」は、麦が結果し生命の一応の完結を示す時ですが、しかし、「麦の秋」は同時に、青々とした木々、山々として生命が極限までに上昇しようとする初夏なのです。この矛盾に満ちた時こそ、句中の人物の選んだ、彼がこの世界から「逃亡」するのにふさわしい時なのです。人間存在の不可解さを垣間見せてくれる一句です。

「麦秋」はこれくらいにして、「麦秋」によく似た季語「竹の春」を見てみましょう。次のような句があります。

一むらの竹の春ある山家かな　　高浜虚子

「竹の春」も「春」とありますが、季節は春ではありません。秋です。落葉の季節に竹は枝葉ともども青々としていよいよ盛んです。だから、「竹の秋」とはならず「竹の春」と言います。ここでも、言葉をはすかいに配置して楽しむ遊び心が見えて面白いです。では、句の読みですが、この句は青々と茂った一むらの竹がある山里の長閑な風景であると同時に、それを重々承知の上で、「竹の春」の「春」を「春」そのものとして使っている句です。山里のわびしい家にもそれなりの幸福＝春があるのだと詠んでいるのです。嬉しいことに、この「竹の春」に対して「竹の秋」という季語もあります。

こゝにある離宮裏門竹の秋　　高浜虚子

同じ高浜虚子《たかはまきよし》（一八七四―一九五九）の句を例に挙げましたので、読者の方も一度レトリック的な読みを試みてください。一見秋のような世界ですが、実は春なのです。そのずれの面白さがこの句の眼目です。

4 面影の季語

「葉桜」「花は葉に」「桜の実」のような夏の季語は、内にその季節でない季語を含んでいます。「葉桜」「花は葉に」「桜の実」で言えば、それは、「桜（春）」です。

これらの季語は、背後に面影として「満開の桜」があります。その点、先に述べた別の季節のイメージを背後に持った「はすかいの季語」に似ています。ただ、「麦秋」のように、はすかいではなく、背後にある面影が、夏の季語「葉桜」「花は葉に」「桜の実」に違和感なくそのままストレートにつながる「満開の桜（春）」である点、違っています。それで、このような季語をずばり「面影の季語」と呼ぶことにしたのです。

だから、これらの季語が使われている俳句は、常に「満開の桜」の面影を感じながら読むと、面白く読めます。

体からこころこぼれて花は葉に　　池田澄子

満開の桜が散る姿を面影として、体（幹）からこころ（花）がこぼれてしまった葉桜の今を読む句です。「体からこころこぼれて花」という表現が巧みです。あたかも、体からこぼれたこころが花であるかのように読者は読んでしまうのです。

和泉式部が、夫、藤原保昌への思いを断ち切れず貴船で詠んだという蛍の歌を、横に置きたくなる句です。もちろん、俳句と歌では、情念の質は違うのですが。

物思へば沢の蛍もわが身よりあくがれ出づる魂《たま》かとぞ見る　　和泉式部

（恋する人のことを思い悩んでいると、沢を光りながら飛ぶ蛍は、私の体からさまよい出た魂ではないかと思われてならないのです。）

読者の読み方しだいで、句の中に面影の季語は、見つけることができます。たとえば、

柿若葉みんな目的あるような　　津田このみ

という句があります。生命力あふれる美しい柿若葉に覆われた世界の中で、みんなは生き生きしています。みんな生きる目的を持って生きているかのようです。みんなの上には、みんなの目的、赤い柿の実が面影となって輝いています。

5 不思議の六月

六月の傷つきやすき臓器かな　　永井江美子

『ロマネコンテイ』八十九号（二〇〇九年十月）に、永井江美子の句を発見した時、私は、同じく「六月の」から始まる石田《いしだ》波郷《はきよう》（一九一三―一九六九）の句を思いました。

六月の女すわれる荒筵　　石田波郷

この句について、波郷は『波郷百句』（昭和二十二年、九五頁）で、

焼跡情景。一戸を構へた人の屋内である。壁も天井もない。片隅に、空罐に活けた澤瀉がわずかに女を飾つてゐた。

と自ら注しています。

これによって、普通は、空罐に澤瀉《おもだか》が活けられた終戦直後の焼け跡の仮小屋の光景に日本の雨季である梅雨の蒸し暑さのイメージを重ね合わせ、「すさまじい貧寒」（山本健吉）の中に発する女のエロスを読むといったことが行われています。

しかし、この句は波郷の言う「焼跡情景」という条件を捨て去っても、なお一句としての魅力を失いません。むしろ、「焼跡情景」という前提をはずして読まれることによってこそ、存在感を持ち始めるのです。

すなわち、「焼跡情景」とは別の、言葉による不思議な世界が一句に立ち現れるのです。その鍵となる言葉が「六月」に他なりません。

「六月」という言葉こそが、この句の持つ日常を超えた不思議な空間を作り出し、そのリアリティを保証しているのです。

それはなぜか。私は、「六月」は、「五月」でもなく「七月」でもないからだと考えます。ここにこそ「六月」という言葉の謎を解く鍵があります。

試みに各月の名称の持つ四季のイメージを検討してみましょう。まず一般的な感覚では、三・四・五月が春、六・七・八月が夏、九・十・十一月が秋、十二・一・二月が冬といったところでしょう。しかし、前述の区分において読者は、違和感を持つところがあるに違いありません。それは、夏に入れた「六月」のところです。「六月」は、はたして「夏」でしょうか。確かに、「春」は「五月」で終わり、「六月」を「春」という人はいません。とは言っても、多くの人は、「六月」を単純に「夏」に入れることにもしばし躊躇することでしょう。日本の雨季＝梅雨のイメージを背景に持つ「六月」は、「春」でもなく「夏」でもない不思議な雰囲気を漂わす月なのです。

もう一度「六月の女すわれる荒筵」にもどってみましょう。ここで「六月の女」といった時、先に述べたことを踏まえて読めば、この「女」は「春」でもない「夏」でもない虚の月「六月」に存在する不思議な「女」と化すのです。確かに「荒筵（あらむしろ）」の上に坐ってはいます。しかし、日常の世界には存在しない「女」なのです。蒸し暑い雨季＝梅雨のイメージを背景に持つどの季節にも属さない不思議な月＝六月の荒筵に端座する女のエロスは日常のエロスを超えて読者に迫ってくるのです。

そこで、冒頭に挙げた永井江美子の句「六月の傷つきやすき臓器かな」です。

この句の「六月」も波郷の「六月」と同じように読むことができます。「六月の傷つきやすき臓器」も、この日本の雨季のイメージを背景に持つ四季に確たる位置を持たない「六月」という不思議な月の「臓器」なのです。不思議な月だからこそ、「傷つきやすき心」ではなく「傷つきやすき臓器」という、これまた不思議な言葉が読者に了解されるのです。心地よい違和感とともに。

「六月」は、明るく健康的な「春の日差し」にも「夏の日差し」にも縁遠い梅雨のイメージとともに、日本の四季から見放された不安定な月です。そのため、他のどんな月よりも「傷つきやすい」月なのです。この傷は情緒的、感傷的な秋の月、たとえば「十月」の心の傷のような表層的なものではありません。もっと皮膚の内側の深いところに関わる本質的な傷なのです。「無意識で暗い内臓感覚」（中村雄二郎）がとらえた「傷」なのです。よくよく味わうべき句と言えます。

窪田清子の「六月」の句も面白いです。

鍋の底磨けば六月きておりぬ　　窪田清子

毎日鍋の底を磨いていたら、いつの間にか今年も半年暮れてしまったという読みでは、月並みの句になってしまいます。これでは句が泣きます。半年が過ぎたことを示す六月を捨て、先の波郷、永井江美子の句の「六月」のイメージによってこそ読まれるべきでしょう。それによって初めて、言葉によって作り出された日常のずれが現れ、句に不思議さ、面白さが生まれるのです。

「鍋の底」を「磨けば」、「六月」が来てしまっていた、という表現をそのまま受け入れればよいのです。このいささか強引な論理が呼び込む月が、「五月＝春」でもなく「七月＝夏」でもない雨季＝梅雨のイメージを背景に持つ不思議な月「六月」であるというところが味噌です。

「鍋の底」を磨くという何でもない日常の家事行為によって、日常は非日常の世界、六月へと不思議なリアリティを持ちつつずれるのです。この句は、鍋の底を磨く主婦の期待でもありましょう。

ルーティンワークからの解放とともに自己の解放を夢見る一人の女の姿が、この句から見えてきます。

『昭和俳句作品年表　戦後篇』（現代俳句協会編集・発行）で発見した一句を紹介して、この項を終えます。

六月を歩き出す山みまかる山　　高橋龍

六月にふさわしい山がここにあります。

6 如月と二月（旧暦と新暦）

明治六年一月一日のグレゴリオ暦採用以降の如月と二月の句について述べます。

きさらぎに金平糖の角があり　平子玲子

「きさらぎ」になぜ「金平糖」の角があるのでしょう。これはまず第一に「きさらぎ」という言葉の響きによるものでしょう。

では、この言葉の響きとはどのようなものでしょうか。これは、説明するよりも下村洋子の次の句を読んでいただければよく分かると思います。

きさらぎの切っ先あたかもクリスタル　下村洋子

「きさらぎ」は鋭角的な響きを持つ言葉です。そして、その響きを読者に強調するために如月はひらがな表記になっているのです。その響きに最も寒い時というイメージが重なり、鋭さはさらに増すことになります。「金平糖」の角が鋭く金色に光り、結晶体がきらきら明るく輝いている様が目に見えるようです。

念のために申し添えますと、先の二句においては、「きさらぎ」の文字としての古典的なソフトなイメージと、「きさらぎ」という鋭角的な言葉の響きを同時に表現するものとして、ひらがな表記が選ばれています。

同じ如月（きさらぎ）でも、飯田蛇笏《いいだだこつ》（一八八五―一九六二）と平井照敏《ひらいしょうびん》（一九三一―二〇〇三）の次の句は、漢字表記になっています。

如月の大雲の押す月夜かな　　飯田蛇笏
如月の宙にみづがねながれけり　　平井照敏

なぜでしょう。これは、「如月」に含まれた「月」に理由があります。作者は、きさらぎの音から来る鋭角的な響きと、如月の「月」を月として視覚的に働かせているのです。それに二月の寒さがイメージとして加えられてこの句の世界が整えられています。

上五に置かれた「如月」が効果的です。蛇笏の句では、寒空に月が輝き、その輝く月を、雪雲でしょうか、大きな雲の塊がまるで押しているかのように月とともに流れて行くのです。一句に月が二つも使われた豪奢な句です。

照敏の句は、如月の月の光が照らしだす張り詰めた凍っているかのごとき大空を月が移る様子は、あたかも「みづがね（水銀）」が流れていくかのようだというのです。流れるみづがねは尋常な輝きではありません。

では、如月（きさらぎ）は二月でしょうか。改めて考えてみましょう。まず、きさらぎは古語です。今日の暦とは一応切り離されています。だから、先の四句では、日常＝新暦の世界を非日常の世界にずらすための言葉として、古語である「きさらぎ」が使われています。すなわちレトリックとしての「きさらぎ」です。

しかし、旧暦の「二月」と言えば、新暦の三月です。仲春です。ところが、先の四句は、真冬のイメージが濃厚です。ということは、二月をきさらぎと言って、一句を非日常の世界にずらすのですが、その季節は新暦の二月ということになります。完全に、現在使用している新暦の世界を切断しているわけではないのです。面影として新暦がある。だからこそ、二句目の下村洋子のような句も登場するのです。

では、ずばり「二月」の句はどうか。「二月」の季感は新暦そのものです。二月で一句の非日常性を生み出すには、「暦の上では春だが」という意識に基づくことになります。

次の二句を見ればよく分かります。寒いようで暖かく、暖かいようで寒いのです。その不思議な世界が俳句というものです。

二月はやはだかの木々に日をそそぐ　長谷川素逝《そせい》

二月の雪まへ澄みうしろかぎろへり　森澄雄

今日、作られる睦月、如月、弥生などの月の古典的名称を使った句は、だいたい、表面上旧暦、内側は新暦ということになっています。これがまた面白い句を生み出すことになるのです。ついでに、五月闇（さつきやみ）について述べて、この項を終わります。

旧暦五月の梅雨の晴れ間を指した五月晴れは、新暦五月の気持ちよく晴れわたった日を指すようになったのでよいのですが、よく使われる季語の五月闇などは困ります。新暦五月の闇にはどうやってもできないからです。しかし、「五月闇」は、五月の闇でないことによって、却ってなにやら得体のしれない闇のイメージをまとい出すゆかいな季語なのです。

やはらかきものはくちびる五月闇　日野草城《そうじょう》

7 初もの

俳句は、初ものを好みます。
初ものは、次の野口英二の句のように、汚れのない真《ま》っ新《さら》なものです。

汚れなき泥を探して初つばめ　　野口英二

「顔に泥を塗られた」「泥臭い」「泥水稼業」というように「泥」はそれ自体決して美しいものではありません。それを「汚れなき泥を探」すと言うのです。それははたして探し、手に入れることはできるものでしょうか。
散文的には、それを手に入れたと書くだけですむでしょうが、詩である俳句はそうはいきません。イメージとして、読む者を納得させなくてはならないからです。この句はそれを実現しています。そのキーワードが「初」です。「初」自体が、汚れなき真っ新のイメージを内に持っているからです。「初」を冠せられた「つばめ」は、汚れなき、真っ新な

「初つばめ」ですので、「汚れなき泥」を探し、手に入れることができるのです。新しい生命を育む「汚れなき泥」を。

石田波郷の句にも名高い「初もの」の句があります。

初蝶やわが三十の袖袂　　石田波郷

この句の「初蝶」も同じです。真っ新な汚れのないこの世界に出現したばかりの蝶がいます。句の中の私は、そうした輝くばかりの初蝶を発見し、自分自身を見つめ直したのです。私は、あたかもこの初蝶が三十歳である自分の袖・袂から生まれ出たかのように思ったのです。本格的に人生を生き始めようとする三十男がここにいます。

これで、「初」は、汚れのないものを出現させるレトリックであることは、お分かりいただけたことでしょう。

続いてこの観点で、初ものの句を見てみましょう。

初時雨君の手紙の句読点　　岩城景月

君の手紙は、汚れない初時雨のように突然やってきました。美しい文に打たれている句読点の様は、突然ぱらぱらと来てさっと去っていった清らかな初時雨のようです。雨という文字の形象性も効いています。雨の中の「、、、」に注目してください。

初時雨の句をもう一つ。

初しぐれ猿も小蓑をほしげ也　　芭蕉

元禄二（一六八九）年の芭蕉（一六四四－一六九四）の句です。この「初しぐれ」の句も、汚れなき真っ新な「初しぐれ」というイメージを芭蕉が愛《め》でて作った句です。そうした初しぐれに、小さな無垢な命、すなわち小さな蓑が欲しげな猿を配したのでした。

8 ひらがな

ひらがなの面白さと言えば、この句でしょう。

ぜんまいののの字ばかりの寂光土　川端茅舎

読者の目に、まずもって連続する三つの「の」の字が飛び込んできます。じっと眺めれば、それはぜんまいの渦巻状になっている若葉のイメージを文字（ひらがな）の形によってイメージしたもの（形象化）でした。

極めて短い詩形である俳句はこのように文字による形象化を、一作品の中で際立たせることができるのです。これは同時に、文字によって書かれる俳句の姿形そのものが、詩として成り立つ可能性を示すものです。すなわち、一句それ自体が眼で味わう詩、視覚詩となることです。文字によるイメージの形象化は、決して川端茅舎《かわばたぼうしゃ》（一八九七－一九四一）だけではありません。

では、この句を読んでみましょう。まず言っておきたいのは、「ぜんまい」を「のの字」に見立てていることを発見するだけでは、この句を読んだことにならないことです。その発見に眼がくらみ、この句の言葉に即して読むことを、忘れてはいけないのです。

この句はまず「ぜんまいののの字ばかり」と言い、次に「のの字ばかりの寂光土（じゃっこうど）」と言っているのです。ぜんまいのイメージの文字による形象化である「の」と「のの」という文字ばかりの寂光土と言っているのです。寂光土にある「のの」はいうまでもなく「ののさま（仏様）」の「のの」です。

春の訪れを寿ぐように萌えいづるぜんまいの野が、そのまま仏の住まう浄土、寂光土に転換するのです。これが、この句の世界です。

「ひらがな」の項の導入に茅舎の句を紹介しましたが、ひらがなの句と言えば、やはりこの句です。

をりとりてはらりとおもきすすきかな　　飯田蛇笏

すべてひらがなです。一句全体が、銀色に輝くすすきの穂の形象化であり、同時に秋風になびくすすきの穂の軽さ、やわらかさの形象化でもあります。ひらがなは、白のイメージを誘います。そして、軽さ、やわらかさのイメージももたらします。だから、蛇笏は、すすきの色と重さと質感を一句において純化しようとすべてをひらがなにしたのです。昭和四年、大阪の大蓮寺句会での三句のうちの一句です。「すすき」が席題でした。

この時の形は、蛇笏の主宰誌『雲母』昭和五年一月号に載った蛇笏の「素描旅日記(一)」によると、

折りとりてはらりとおもき芒かな＊　　飯田蛇笏

でしたが、後に、次のように推敲されて行きました。

折りとりてはらりとおもきすゝきかな　（『霊芝』昭和十二年）

をりとりてはらりとおもきすゝきかな　（『旅ゆく諷詠』昭和十六年）＊＊

それは、蛇笏が、俳句を言葉だけでなく、文字の配列、集合として見ていたことになります。文字の配列、集合にも蛇笏は美を見ていたのです。言葉と文字の形象性を総合し、そこに美を見ていたのです。

ちなみにこの句のテーマは、すすきの命です。折り取ったすすきは「はらりと」重かったのです。軽いが同時に重かったのです。この重さこそ、すすきの命であったということをこの句は見せてくれるのです（西郷竹彦著『増補・合本　名句の美学』黎明書房、二〇一〇年）。軽さの中の重さを見事に表現した句です。

先ほどの、蛇笏の句よりもひらがなの光のイメージを、はっきり使った句があります。

冬菊のまとふはおのがひかりのみ　　水原秋櫻子《しゅうおうし》

ひらがなは、きらきら輝くひかりの形象化されたものとして、一句に使われています。まとわれるもの（冬菊）だけが、漢字です。「ひかり」とは、冬菊の外面的な美しさだけでなく、先のすすきと同様、冬菊の命の輝きです。

ひらがなは、色や輝きをイメージさせるだけでなく、やさしさをイメージさせます。次は、西東三鬼の昭和二十一年の句です。

おそるべき君等の乳房夏来る　　西東三鬼

この句の味噌は、「恐るべき君等の乳房夏来る」となっていないところにあります。ひらがな表記にすることで、ストレートに恐れる対象ではなく、いささか親しみを込めた「おそるべき」になっているのです。だから、「おそるべき君等の乳房」というフレーズには、性的差異の上での平等感が出ています。夏の解放感と戦後の解放感が合わせて表現された句です。作者は、乳房の持ち主である「君等」が、堂々と夏とともにやってくる時代を喜んでいるのです。

また、ひらがなは言葉になる前の言葉を表現する時にも使われます。

せしうむとみきもとさくらあれにしを　　高橋比呂子

一読、読者にとってこれは呪文のように響くに違いありません。呪文とは、言葉がこのわれわれの眼前の世界の言葉＝この世の言葉になる前の、隠された世界＝あの世（仏教的意味合いではなく）の言葉です。カミの言葉と言ってもよいでしょう。この句全体がひらがな表記であることによって、この句はあの世の言葉＝呪文のように響くのです。

この句は、「せしうむとみきもとさくら」で切れ、「あれにしを」は、「せしうむ」と「みきもとさくら」＊＊＊という存在そのものへの日本という地霊の嘆きなのです。

しかし、それが、カタカナ、ひらがな、漢字を当てられることによって、ひらがなの句であることを止め、「セシウムとミキモト桜、荒れにしを」ということの世の言葉になってしまうならば、たちまち句としての力を失うのです。

小川双々子《おがわそうそうし》（一九二二―二〇〇六）のひらがな表記の句も呪文のように聞こえます。古事記の、神の世界でもあり人間世界でもある時代の大昔の言葉「馳使（はせづかひ）」を核に、すべてひらがなで書かれた俳句です。

かぜはかきつばたはとはせづかひはぐれ　　小川双々子

漢字交じりで書けば、「風は杜若はと馳使逸れ」でしょうか。このように書かれた時にはこの句の言葉の力は高橋比呂子の句と同様失われますが。

一句の中には、手品のごとく「はと」が隠され、さらに何かが隠されているような不思議な句です。

あと、ひらがなの力には、カタカナ語をひらがなにすることによって、日常を非日常にずらす働きもあります。加藤郁乎《かとういくや》（一九二九―二〇一二）の次の句がその典型です。われわれは日常的には、「ポルトガル」を「ぽるとがる」と書きません。ひらがなで書くことによって、「ポルトガル」でない、どこにもないが、どこかにありそうな「ぽるとがる」を一句に出現させるのです。そして、ひらがなは音をあからさまにします。「る」音の心地よい連続を目に見せてくれるのです。

昼顔の見える昼すぎぽるとがる　　加藤郁乎

＊石原八束著『飯田蛇笏』角川書店、平成九年、によりました。
＊＊「素描旅日記（一）」を『旅ゆく諷詠』（昭和十六年）に収録する時、推敲されたと思われます。また、いつから「すすき」と現代仮名遣いになったかは、筆者には不明です。
＊＊＊銀座ミキモト本店前に、桜の季節に展示される根付きの桜の木。

9 カタカナ

ひらがなの次は、カタカナ表記について考えてみましょう。

素敵な句があります。


立春や自分のページ開けてみる　　高田多加江

読者は、ページが本当に開けられた感じがするに違いありません。そして、何か明るくなった感じがするのです。

中七の「ページ」というカタカナの字面の持つ明るさに、明るい春への期待がこめられた一句です。「頁」では、この句のテーマは表現できません。

このように、たった三文字のカタカナですが、一句のイメージを豊かにしてくれるのです。次は、もっとたくさんのカタカナを使った句を見てみましょう。

中山美樹の句集『アトランティスの裔』に、

送るノハココマデニシテ細雪　　　中山美樹

があります。この句は、なぜ本来ひらがなであるべきところが、「カタカナ」表記になっているのでしょうか。それは、「細雪」の降る様を視覚的に表現しようとしているからに他なりません。そして、カタカナ表記にすると、読者の読む速度が平仮名の場合より遅くなる効果も狙っているのです。なぜ遅くなるのかは、書家の石川九楊の言う、ひらがなのように文体を持たない（通常の文章を書くのに用いない）、漢文訓読のための文字、カタカナの符号性によると思われます。

「送るのはここまでにして」では、早口すぎるのです。読者は、囁くように細かい雪の降る中での、恋する男女の別れを読み取るべきでしょう。

恋の句ではありませんが、カタカナを効果的に使った中山美樹の句をもう一句読んでみましょう。

アトランティスの裔たるわれら鰯雲　　　中山美樹

この句を上から読み進み、下五の鰯雲まで来ると、読者は一転、字余りの上五「アトランティス」と、秋の空に広がる鰯雲のイメージを重ねて見ることになるでしょう。すなわち、「アトランティス」というカタカナの形がいくつもの小さな雲が群れなす「鰯雲」の姿を思い起こさせるのです。言い換えれば、「アトランティス」というカタカナ表記が、「鰯雲」の形象化されたものとして読者の前に現れるのです。

そして、無数の雲からなる鰯雲に、悠久の彼方から来たあてどない「裔たるわれら」の存在も重ね合わせることになるのです。

カタカナの句は、次の塩見恵介の句が断然面白いです。

計算が合わないアイスカフェオーレ　　塩見恵介

あっちこっちして取り留めもない、未だ文字になりきっていないような符号的なカタカナの形象性をうまく生かした句です。

まったく、この句を読むと（と言うか、見ると、と言うか）、目が定まらず、「計算が合わない」人物のささやかな狼狽ぶりがよく表現されています。単に「カフェオーレ」とだけ言わずに「アイス」を加えたところが味噌です（カタカナが三字増えます）。

読み方は、五・七・五で切らずに、「計算が合わない」「アイスカフェオーレ」と二つに切って読むほうがより楽しいでしょう。そして、最後の「オーレ」はちょっと読み方を変えて「俺《お》ーれ」のつもりで読むのです。計算が全然合わずに混乱している「俺」が姿を現します。

次は、一句にカタカナが一つだけの句を見てみることにします。

洛中洛外鎌鼬其ノ後　　高橋比呂子

カタカナが効果的に使われている句です。

一句の物語る世界は、当然ながら「洛中洛外」を舞台とします。「洛中洛外」とは「洛中洛外図」を引き合いに出すまでもなく、京＝都の内外のことです。洛陽の洛から来た雅の地「洛中」と雅の風がまだ及ぶ「洛外」で「鎌鼬（かまいたち）」が猖獗《しょうけつ》を極めたのです。

旋風とともに来る鎌鼬、すなわち冬の魔物の出没は、洛中洛外の荒廃、雅の衰退、動乱の冬の時代をイメージさせます。

その猖獗を極めた鎌鼬がある日を境にふっと消えたのです。「鎌鼬」の後の切れがそれをイメージさせます。切れの後の「其ノ後」とは、そのある日以後に新たに始まる物語のことです。

だが、一句は「其ノ後」で終わり、その後は語りません。しかし、「其ノ後」に来る出来事への読者の関心は途切れません。では、いかなる事が「其ノ後」起こるのでしょうか。読者は予想するでしょう。「鎌鼬」以上の厄災が「其ノ後」も繰り返し訪れるかもしれないことを。

なぜなら、「其の後」でなく、「其ノ後」という無機質な漢字カタカナ交じりの表記には厳しさが漂い、カタカナの「ノ」は、鎌の形象として一句中に冴え渡っているからです。

今度は、カタカナにしてもらえなかったカタカナの句です。

スケート場沃度丁幾の壜がある　山口誓子

山口誓子《やまぐちせいし》（一九〇一―一九九四）のこの句の見どころは、カタカナになるべくしてカタカナになったカタカナ語「スケート」と、漢字にさせられ、不気味な物体と化した、カタカナ表記になりたがっている漢語「沃度丁幾（ヨードチンキ）」との対比の妙です。ビンと読むにふさわしくない漢字「壜」の存在とも相俟《あいま》って、日本近代のねじれの世界を誓子は描いてみせました。

厳しい句が続いたので、最後は明るい句を紹介します。


シクラメン爪先立ちして光浴び　　　松永みよこ

シクラメンが爪先立ちするかのように茎をのばし、その先に光を浴びて豊かな花を咲かせています。その姿に重ね合わせるかのように、句の中の人物は爪先立ちして身体を精一杯のばして空から降ってくる春の光を浴びているのです。

光を己の中に取り込み自身の成長を求めるのです。

上五のカタカナ書きされた「シクラメン」は、光の形象化ともなっています。カタカナを構成している縦横斜めの棒はすべてキラキラする光なのです。だから、一番上にあります。

10 漢字

1 漢字一字にこだわる

山口誓子に次のような俳句があります。

かりかりと蟷螂蜂の皃を食む　　山口誓子

「蟷螂」は「かまきり」と読みます。では、「皃」はどう読むのでしょうか。「かお」です。このような特異な漢字を誓子が使ったのは、お気づきのように「皃」の字の形が、正面から見た昆虫のかおをイメージさせるからです。

それを、誓子が面白がったわけです。

では、われわれがいつも使う常用漢字の「顔」ではいけないのでしょうか。試みに「皃」を「顔」にしてみましょう。

かりかりと蟷螂蜂の顔を食む

「顔」にすると、蜂が一歩人間に近づいたような気がしませんか。蜂が擬人化されるのです。すると、この句が急に生々しくなるから不思議です。

蜂が擬人化されれば、それに伴って食べる蟷螂も、人間臭くなります。そうなると、人間世界の寓意ともなって来て、誓子のような即物的俳句を好んだ俳人としては、「顔」はいよいよ気に入るはずもないでしょう。

俳句は非常に短い詩なので、漢字一つにも非常にこだわるのですが、漢字に大変こだわっている句もあります。

2　漢字に大変こだわる

金銀瑠璃硨磲瑪瑙琥珀葡萄かな　　松根東洋城

これは松根東洋城《まつねとうようじょう》（一八七八－一九六四）の句です。東洋城と言えば、宮内省時代、大正天皇から俳句とはどういうものかと聞かれて、「渋柿のごときものにては候へど」と答えた話は、有名です。

さてこの句ですが、まず注目したいのは、一番上に「金」の字を持ってきたところです。この句は金の字を天辺に戴いた金殿玉楼ならぬ、七宝を意味する様々な文字によって造られた七重の仏塔に他ならないのです。

一句の眼目は、最上層の七層目の屋根が金、六層目が銀、五層目が瑠璃《るり》、四層目が硨磲《しゃこ》（シャコ貝）、三層目が瑪瑙《めのう》、二層目が琥珀《こはく》、ですが、一層目が珊瑚《さんご》などの宝石ではなく、葡萄であることです。

これは、季節のお供えもの（季語）と思われます。葡萄は確かに美しいです。一粒一粒は宝石のようです。「葡萄」という文字の造りも、異国からの渡来ものを思わせ、しかも堅固です。「葡萄牙」と書けば、大航海時代の強国ポルトガルです。葡萄は、異国から渡来の宗教、仏教の開祖釈迦の遺骨、仏舎利を納める仏塔にふさわしいお供えものなのです。

塔の下には、仏舎利が収められているのか、句の末尾はひらがなで「かな」になっています。漢字の造形の堅固さをうまく使った句です。

次の句もひらがなが二字の句です。

遺影みな明眸皓歯知覧夏　　早川洋江

「みな」だけがひらがなになっています。他はすべて漢字です。しかし、句は五七五定型にきちっと収まっています。「めいぼうこうし・ちらんなつ」と読みます。五七五定型に収まっているのは、戦死者への静かな祈りが背景にあるためでしょう。では、この句はなぜ「みな」のみがひらがなで、あとは漢字なのでしょうか。

試みに「みな」を「皆」にしてみます。

遺影皆明眸皓歯知覧夏

これは、一目見れば、特攻で死んだすべての人を弔うための戒名が記された位牌であることが分かります。だが作者は、「皆」にしませんでした。その理由は、上の「遺影」にあります。特攻隊員の遺影を作者は一人ひとり見て回ったからです。その一人ひとりの生きたことを大切にしたかったからです。

「皆」にすると「みな」の存在が漢字の列に埋没してしまうように思われたからに違いありません。漢字とひらがなを効果的に使うことは、俳句のレトリックの一つです。

では、全部漢字の句はどうでしょうか。

毛布的男荒波的女　　芳野ヒロユキ

これは、表面的には漢字だけですが、音読みと訓読みが組み合わされている句です。しかも、十七音でできており、五・七・五のリズムに一応乗せてあります。しかし、この句は漢詩的な対句を装っているのです。

毛布的男（もうふてきおとこ）
荒波的女（あらなみてきおんな）

毛（もう）に対して荒（こう）、布（ふ）に対して波（は）に、音読としては無理はありませんが、毛布に対して荒波は人を驚かします。毛布にくるまってごろ寝しているような男、感情の起伏が荒波のような女の対比です。東男に京女の逆を行くような対句もどきの対比が、俳句的と言えば俳句的でしょうか。

3　旧漢字にこだわる

まさに旧漢字にこだわった句です。

遠鹿や声という字を聲とする　　宇多喜代子

遠くで鳴く哀しげな鹿の声は、声ではなく聲だというわけです。その遠鹿の鳴き声は、万葉集の舒明天皇以来の文学的積み重ねの上にあるのです。

夕されば小倉の山に鳴く鹿は今夜は鳴かず寝《い》ねにけらしも　　舒明天皇

声という字から聲という字へ変えることは、一句をその文学的伝統の世界にスライドさせるのです。作者は、一句の中で声という常用字体と聲という旧字体を使うことを面白がっています。

次の句は、旧漢字からできています。三橋敏雄の世評に高い句です。

戦争と疊の上の團扇かな

三橋敏雄

いかに戦争と平和が紙一重かを表現しています。

なぜ、「うちわ」は、ひらがなでなく漢字なのでしょうか。それも、わざわざ旧字体で「團扇」と書かれています。

実は、この句は、全体がずれの構造になっているのです。

「疊の上」は、いささか時代がかった表現である畳の上の死＝尋常の死へのずれを内に持っています。

これは、上五に「戰爭と」と来ているからです。すなわち、戦争＝横死と畳の上の死＝尋常の死がオーバーラップしているのです。

そして、団扇＝極めて日常なものが、軍扇＝戦争へのずれを内に持っています。

以上のように、戦争と日常がオーバーラップしてこの句は、あります。

また、今日、日常的に使う常用字体と違い、正字、いわゆる戦前のイメージをまとう旧字体は、日常の世界を非日常の世界にずらす働きをしていることは見逃せません。

このように、漢字へのこだわりは、俳句の表現世界を面白く、豊かにするのです。

11 金色

〝金〟の輝きは、俳人にとってもとても魅力的なもののようです。そのため、一句の中で金色をより一層輝かせるために技量の限りを尽くすのです。

たとえば、山口青邨《やまぐちせいそん》（一八九二―一九八八）の次の句。


ひもとける金槐集のきら〻かな　　山口青邨

「金槐集（きんかいしゅう）」は言うまでもなく右大臣源実朝の歌集です。「きら〻」とは「雲母虫（きららむし）」。すなわち、紙魚（しみ）です。

「金槐集」だけを漢字にし、他は平仮名です。「金槐集」、とりわけ「金」という言葉を際立たせるためです。

ある日、王朝の文学たる和歌の詞華集を紐解いた作者は、そこに紙魚を発見し、華麗な和歌の世界に住まう紙魚との取り合わせに面白みを感じました。そして一句を得ました。

しかし、作者は「ひもとける金槐集に紙魚ひとつ」などとはしませんでした。「金」という漢字のためです。金の縁語「きらきらし」から「きらゝ」という紙魚の別名が選び取られました。その結果、句の中の「きらゝ」という言葉は、単に紙魚を指すだけでなく、「金槐集」の輝きを引き出す言葉になりました。さらには紙魚を、和歌を食う忌まわしい虫から、作者と共に風流の世界に遊ぶ、文字通り「きらゝ」という美しい銀色の虫に変えたのでした。

現代の句を引いてみます。

金山に金少しある秋のくれ　　池田澄子

私の好きな透明感溢れる、池田澄子の句です。

冒頭の「金山」に、「金少し」と「金」が重ねられ、句の中の「金」はさらに輝きを増します。そして、「金」が「少し」と書かれることによって、句の中の「金」の純度が高まるのです。わずかであるためにますます輝きを増し、読む者の前に「金」は現れます。

頃は「秋のくれ」。夜の気配がおとずれた澄み渡った秋気の中に金色の光がきらきらと零《こぼ》れています。

秋には万物を形作る五行（木・火・土・金・水）の内の「金」が配されています。「金秋」と言います。「秋」自体にも「金」は隠されているのです。

何と贅沢な句でしょう。ため息がでます。

すでにお気づきかと思いますが、この池田澄子の句も金色を際立させるために、漢字は必要最小限に抑えられているのです。

次の句は、金以外にも目立つ漢字が使われていますが、金が存在を主張する句です。

春陰の金閣にある細柱　　恩田侑布子

なぜ、句の中の金は輝いているのでしょうか。その秘密は、「金」のすぐ前にある「陰」にあります。金と陰の対比によって金は際立つのです。

春の陽気さと翳りの中にある美の極致、金閣。それを支える細柱もまた、美そのものです。強さを捨て美として立つことを選んだ凛とした存在、それが細柱です。美を陰と陽の中で奥行きを持って書き切った句です。

俳句ではありませんが、金で思い出した短歌があります。与謝野晶子（一八七八―一九四二）の名歌です。

金色のちひさき鳥のかたちして銀杏ちるなり夕日の岡に　　与謝野晶子

金色（こんじき）の神々しいばかりの小さな鳥の姿をして銀杏の葉がきらきらと夕日に染まった岡に散っている、という歌です。

この歌の味わいどころは、「金色」の「金」だけでなく、「銀杏」の「銀」がちりばめられているところです。そのため、「夕日の岡」は、それはそれは美しい天上のようなところになりました。

金、銀は洋の東西を問わず寺院を荘厳《しょうごん》するのに使われますが、俳句、短歌にもよく使われるのです。なお、「荘厳」ついては、詳しくは「25　荘厳」をお読みください。

12

赤と白の順序

赤い椿白い椿と落ちにけり　　　　河東碧梧桐

河東碧梧桐《かわひがしへきごとう》（一八七三―一九三七）の代表句です。赤い椿と白い椿が、互い違いにいつまでも落ちていく美しい光景がここにあります。そこで、問題です。なぜ、最初に「白い椿」でなく「赤い椿」が来ているのでしょう。それは、次のように並べてみればよく分かります。

白い椿赤い椿と落ちにけり

赤い椿白い椿と落ちにけり

俳句が書かれる前の何もない空白の世界に、いきなり「白い椿」を持ってきても、「白い椿」がはっきりしないからです。「赤い椿」のあとに来てこそ「白い椿」が引き立ちます。

13 古典仮名遣い

現代仮名遣いの今日において、あえて古典仮名遣いで俳句を書くことにどのような意味があるでしょうか。俳句は、明治の古典仮名遣いの時代に完成された古典的な詩だから、古典仮名遣いで書くのは当然であるという意見もあるでしょう。

しかし、この本は俳句のレトリックの本ですから、今日における古典仮名遣いは俳句のレトリックの一種として考えることにします。たとえ、その俳人が主義としていつも古典仮名遣いで書いているとしても、一句の表現においては古典仮名遣いはレトリックとして機能しているのです。

まず、攝津幸彦（一九四七―一九九六）の句集『陸々集』（弘栄堂、一九九二年）に収録の句を通して、レトリックとしての古典仮名遣いとはいったいどんなものか考えてみることにします。

1　表記と読み方の二重性

液体のやうな蔵書の昼の愛　　　攝津幸彦

攝津幸彦の句は、面倒な手続きを踏むことなく、そのまま書かれているように読めばよいと思います。これが、私の考えです。よって、この句も文字通りに読めばよいのです。液体のような蔵書が昼日中に愛し合っているというのです。

この句の眼目は「液体のやうな」です。この六文字があることによって、句中の「蔵書」は「愛」し合うことができるのです。見るからに蔵書というにふさわしい、二冊のハードカバーの色違いの本が、書棚からとろりとのびて机の上で、昼のけだるい陽を浴びてからみあっている光景が目に浮かばないでしょうか。

この二冊の本に収められた知識が愛の営みの果てに、未だ見たこともない知を生み出すかもしれない面白い光景も予想されるのです。ただ、この新しい知の誕生の光景はいささか空想力が必要とされるかもしれませんが。

この句においては「液体のやうな」は必ず「液体のやうな」と書かれねばなりませ

ん。なぜならば、今日の現代仮名遣い時代の読者には「液体のような」と読まれると同時に、文字通り「液体のやうな」と読まれるからです（「やうな」は「やうな」と目に入り、「yauna」と読まれます）。そして「やうな」は、とろりとのびて蔵書がくねる様を読者にイメージさせるように働くのです。だから、「液体のような蔵書が昼日中に愛し合っている」と読むことに、違和感を持たないのです。

ある日、帰宅した作者は、自分の机の上に開けたまま重ねられた二冊の本を見ました。そこから一句は空想されました。主人は恐らく勤めに出ているのでしょう　その主人のいない書斎で、白昼もしかしたら繰り広げられているかもしれない蔵書同士の情事を覗き見る人物を設定して、作者は、自らの欲望を満たしたのです。

この読み方があながち的外れでない証拠に、『陸々集』では、古典仮名遣いの効果を生かした句がところどころに見られます。

2　読みにくさ

句集では、先の「蔵書」の句の次に、

酸素ボンベにおほむらさきの友来たり　　摂津幸彦

という句があります。

「酸素ボンベ」のあとに、古典仮名遣いを交えた「におほむらさきの」というひらがな表記が置かれています。読みにくいです。その読みにくさとひらがなのくねくねした文字の形の効果が、オオムラサキという蝶の「酸素ボンベ」に到るふわふわと飛ぶ軌跡をイメージさせるための仕掛けとなっています。

蝶が鉄製の強固な円筒形の容器である酸素ボンベに止まった時に居合わせた人物は、無機質の世界に紛れ込んで来た可憐な生き物を一時の友としたのです。

このように、彼の古典仮名遣いは、単なる擬古趣味ではなく、以上の二句でもあきらかなように、レトリックの一つとしてあるのです。

3　形象性（ひらがなの形）

もう一句読んでみましょう。

　　葱二本楕円の思惟はくづれたり　　　攝津幸彦

すき焼きの鍋を囲んでいる人たちがいます。その中の一人が、斜めに切られ、瑞々しい椿円の切り口を見せている二本の葱に目を止めました。鍋がぐつぐつと煮えるにしたがって、葱はその形を崩して行きました。当然、その端正な「楕円」の切り口も「くづれ」てしまいました。そんな光景が目に浮かびます。

では、「楕円の思惟」とは、どのようなものでしょうか。「楕円の思惟」とは、かつて「楕円の論理」を唱えた花田清輝流に言えば、心の中に二つの焦点を持ちつつ、その緊張感を持続し、一人の人間として生きる者が持つ思惟なのでしょう。

しかし、そんなに大袈裟に考えず、単に斜に構えた人間の物の見方のこととしておいてもよいのです。それが、あえなく崩れたのです。

ともかく、葱の楕円の切り口を見ているうちに、「楕円の論理」ならぬ「楕円の思惟」という言葉に思い至り、思いにふけっているうちに楕円の切り口が崩れて行ったのでした。ささいなことに、人はいろいろなことを思うものなのです。

この句においても、「くずれたり」ではなく、「くづれたり」でなくてはなりません。「づ」に、葱の切り口の楕円が崩れて行く様が見えるようではないでしょうか。

ここまで攝津幸彦の俳句を通して、古典仮名遣いという仕掛け（レトリック）の様々な形を述べてきましたが、俳句が言葉による世界を形作るのに、古典仮名遣いが重要な働きをしていることはお分かりいただけたと思います。

次に、彼以外の俳句ではどうなっているか見てみたいと思います。

4　生々しさを避ける

めぐりあふ空にひきずる裘《かはごろも》　飯島晴子

飯島晴子《いいじまはるこ》（一九二一―二〇〇〇）のこの句では、「めぐりあう」は、「めぐりあう」の散文性を避ける機能を果たしています。言いかえれば、日常の生々しい「めぐりあう」ではない、情緒的な雅さを持つ「めぐりあふ」の世界を、古典仮名遣いが実現しているのです。そして、毛皮のコートの古風な表現「裘」の振り仮名も、「かわごろも」の生々しさを避けるため「かはごろも」となっているのです。

また、「あふ」の軽さが「空」に無理なくつながって行くことは言うまでもありません。これによって、めぐり会うのが空の下か、空の上かも判然としない雅で不思議な世界が出現するのです。

おなじことは、次の飴山實（一九二六―二〇〇〇）の句においても言えることです。

釘箱から夕がほの種出してくる　　飴山實

「夕がお」では、散文的であり、あまりに生々しいので、「夕がほ」となっています。「夕がほ」にしてこそ、「釘箱」という俗なる物をふくめた世界を、無理なく情緒的な雅の世界にずらすことができるのです。「夕がほの種」からはやがて、恋する人の面影（「かほ」）が現れてくることでしょう。

以上をまとめれば、古典仮名遣いは、今日日常的に使われていない仮名遣いをすることで、言葉だけで成り立つ非日常な世界を俳句において作り出すために使われていると言えます。

言葉だけで成り立つ非日常な世界を、虚構の世界と言います。俳句は、様々なレトリックが一体となった虚構の世界そのものなのです。

14 オノマトペ（声喩）

西郷竹彦が発見するまでオノマトペ（声喩）の掛《か》け詞《ことば》的な機能は、一般的に知られてはいませんでした。オノマトペ（声喩）の掛け詞的な機能とはこういうことです。

水枕ガバリと寒い海がある　　西東三鬼

三鬼の句で「水枕ガバリ」の「ガバリ」は、普通の日本語のオノマトペの用法ですが、もう一方の「ガバリと寒い海がある」の「ガバリ」は、普通の日本語のオノマトペの用法ではありません。

読者が、「ガバリ」に二つの意味を持たせ、掛け詞的に読むことによって発見される日本語の新しい用法だからです。病気で寝ている人物の水枕が、人物の動きによってガバリと音を立てました。そうしたらそこに、「ガバリと寒い海」が出現したのです。死への恐怖が人物を襲ったのです。

読者が「ガバリと寒い海がある」と読まない限り、オノマトペの掛け詞的な機能は現れません。俳句を主体的に読むとはこういうことです。

主体的読みによって発見されたオノマトペの新しい用法は、今までとらえることができなかった感覚の表現を読み取ることを可能にします。新たなレトリックの発見と誕生です。それによって一句はさらに広く深い読みが可能となるのです。

その観点で、穴井太《あないふとし》（一九二六―一九九七）の句を読んでみましょう。

あおい狐となりぼうぼうと魚焼く　　穴井太

この句においては、左のように「ぼうぼうと」を上と下に掛けて読むことができます。

① あおい狐となりぼうぼうと魚焼く

② あおい狐となりぼうぼうと魚焼く

①においては、「あおい狐となりぼうぼうと」と、狐火がぼうぼうと燃える中あおい狐となった人物の有り様を表現しています。「あおい狐となりぼうぼうと」という言い方は、

普通しませんが、「あおい狐」と「焼く」という言葉によって、狐火がイメージされるのです。

②においては、「ぼうぼうと魚焼く」と、油の乗った魚を容赦なくぼうぼうと火煙を上げながら焼いている様を表現しています。

①②より、この句は、異形のものに変身し、容赦なく他者の命を食らう者の姿を表現したものとなります。

死の世界から一転、ユーモアの世界を紹介しましょう。

なま足のにょっきにょっきと夏来る　西谷剛周

も、三鬼の句と同じ構造を持っています。まず、「なま足のにょっきにょっき」で、「なま足」の官能的な有り様を面白おかしく表現し、次に、夏があたかもその「なま足」のように「にょっきにょっきと来る」様子を表現しているのです。

ではこの「にょっきにょっき」とは何でしょうか。背後にはまず、団子状の柔らかな女性の身体を思わせる官能的な感触のパスタ「ニョッキ」があります。その「ニョッキ」に「にょきにょき」と足が生えてくるイメージを重ね、さらにその上に「のっしのっし」と歩く姿を重ねて「にょっきにょっき」の出来上がりというわけです。

この作者のオリジナルのオノマトペが、この句の上五と下五に掛かるわけです。愉快な一句です。

次もなんだか分からない句です。


夏来るかしゃかしゃかしゃか運ぶパイプ椅子　　寺田良治

初め、「なつきたる」と読んでしまいました。「かしゃかしゃ」「パイプ椅子」を運ぶのかと思ったわけです。しかし、おかしい。「か」が一つ余分です。そこで、もう一度上から読み直しました。今度は、「なつくるか」。「しゃかしゃか」。うまく行きました。「しゃかしゃか」パイプ椅子を運ぶのです。

これが正しいはずですが、先に読んだ「かしゃかしゃ」も頭に残っています。そうだ、運ばれるパイプ椅子は「かしゃかしゃ、しゃかしゃか」嬉しそうに音を立てているのです。いよいよ海辺に、戸外にパイプ椅子の活躍する、開放的な楽しい夏が来るのです。

来る夏も嬉しそうにしゃかしゃかか、かしゃかしゃか分かりませんが、とにかくはしゃいでいます。夏の到来に寄せるうきうきした気分のあふれた句です。

今まで、上と下に掛かるオノマトペについて述べてきましたが、両方に掛かるのが俳句のオノマトペではありません。こんな楽しい句もあります。

ラムネ玉ポンと鳴らして空を飲む　　藤田千映子

「空を飲む」という本来有りえないことが、「ラムネ玉ポンと鳴らして」によってリアリティを持つのです。

「ポン」というラムネ玉の栓を押してラムネを開ける時の軽快な威勢の良い音が、空高く響き渡るように読めるのです。そのため「ラムネ玉ポンと鳴らして」の次の「空を飲む」に無理なくイメージ的につながるのです。

そして、ラムネのビンを逆さにして仰向けに飲む姿が、そのまま「空を飲む」という非現実の表現を可能にするのです。「ポン」が「空を飲む」ことを可能にしたのです。要するに、オノマトペがばねになって不思議な世界へ読者を誘うのです。次の句など、それがはっきり見えます。

ぽろろんと夢の入り口軒風鈴　　加藤吟子

「ぽろろんと夢の入り口」の軒に吊り下げられた「風鈴」が鳴ったという句ですが、よく考えると、「風鈴」が「ぽろろん」と鳴るのはおかしいです。普通は「リーンリーン」「チリーンチリーン」です。ところがここでは「ぽろろん」と鳴っています。そう、「ぽろろん」と不思議な音が響くことによって、夢という非日常の世界へ入って行こうとしているのです。

次は、オノマトペが、二つの言葉に掛かることによって句がねじれ、異様な世界が立ち上がってくる場合です。言葉による世界を追究した富澤赤黄男《とみざわかきお》（一九〇二－一九六二）の句です。

爛々と虎の眼に降る落ち葉　　富澤赤黄男

普通なら、「爛々と虎の眼光る」と続くところですが、この句ではそうはならずに、「爛々と虎の眼に降る落ち葉」と続きますので、「爛々と」の掛かり方は、ねじれたようになっています。すなわち、「爛々と虎の眼」では、収まりきらずに、「爛々と……降る落ち葉」においてやっと収まるのです。

このねじれによって、「爛々と光り輝く虎の眼の中に、爛々と光り輝いて降り続ける落ち葉の世界」が読者の前に現れるのです。異様な世界です。

百獣の王たる虎は、落ち葉降る落魄の世界を見つめています。しかし、その落魄の世界は「爛々と」によって百獣の王たる虎も、落魄の象徴たる落ち葉も荘厳されるのです。腐爛の爛の気配を漂わせながら（「荘厳」については、「25　荘厳」をお読みください）。

最後は、わが師、小川双々子の句です。

綿虫がふはふは貞享何年ぞと　　小川双々子

「ふはふは」は綿虫が飛ぶ様であると同時に、今を、そのまま芭蕉の生きる「貞享（じょうきょう）」へ、ふわふわとずらすのです。「ふはふは」は、時空をずらす絶妙のオノマトペです。貞享は、芭蕉ゆかりの年号です。尾張と関係の深い「野ざらし紀行」（貞享二年完成。旅は貞享元年―二年）、歌仙「冬の日」（貞享元年刊）の業なった年号です。はたして、この句の中の人物の見た貞享とは、何年であったでしょう。

15 両掛かり

古今集の夏の歌に次のような歌があります。

思ひいづるときはの山の郭公唐紅のふりいでてぞなく　よみ人しらず

この歌は、かつての恋人のことを「思ひいづるとき（時）は」「ときは（常盤）の山の郭公（ほととぎす）」が血を吐くように声高く鳴くことだ、といった意味ですが、「ときは」が「時は」と「常盤」の二つの意味で用いられています。いわゆる、掛け詞というレトリックです。

ただここで注目したいのは、「ときは」が二つの意味で用いられているということ以上に、「ときは」が、歌の構造上、上の言葉と下の言葉の両方に掛かるように書かれているということです。こうです。

① 思ひいづるときはの山の郭公……

② 思ひいづるときはの山の郭公……

私が、言いたいのは、基本的に上五・中七・下五の三句からなる俳句で、このような掛け詞的な形が、中七を媒介にして起こるということです。

取りあえずこれを〝両掛かり〟と呼ぶことにしたいと思います。

たとえば、永田耕衣《ながたこうい》（一九〇〇―一九九七）の有名な句に、次のような句があります。

近海に鯛睦み居り涅槃像　　永田耕衣

読者はまず「近海に鯛睦み居り」と読み、近海に鯛が睦み居る光景をイメージします。そして、中七「鯛睦み居り」から下五「涅槃像（ねはんぞう）」へと読み進む過程で、鯛が仲睦まじく暮らしている光景が描かれた不思議な涅槃像へと導かれるのです。

これは、中七の「鯛睦み居る」が、前の上五「近海に」と後ろの下五「涅槃像」の両方に掛かるように読むことを、この句の構造が可能にしているからです。

普通、涅槃像では、お釈迦様の死を悲しみ泣く仏弟子たちや象などの動物が描かれています。ところがこの涅槃像は、仲睦まじく暮らす鯛がめでたくも描かれているのです。描かれているにもかかわらず、この句の鯛が生き生きしているのは、「近海に鯛睦み居る」光景が先に書かれているからです。この句は、

①「近海に鯛睦み居る」のイメージ

②「鯛睦み居る涅槃像」のイメージ

の二つのイメージが二重写しになった句なのです。というよりも、二重写しに読むことが期待される句なのです。

欲望の渦巻く人の世の近くの海で鯛が平和に睦み合うのも仏の慈悲であり、はたまたお釈迦様の教えを聞いたことがある鯛たちなのであろうか、涅槃に至ったお釈迦様のお傍で睦み合うのも仏の慈悲なのです。

すべての生きとし生ける物に仏の慈悲が及んでいるかのごとき、ほのぼのとした平和な世界が描かれた句です。

以上の予行演習を踏まえ、魅惑的な俳句を〝両掛かり〟の観点から読み解いてみましょう。石川裕子と高橋比呂子の句です。

洗濯機か何かが起きている霜夜　石川裕子

この句も「何かが起きている」が前と後ろの言葉に掛かるように書かれています。言いかえれば、真ん中の言葉を介して二通りに読めるのです。

①「洗濯機か何かが起きている」
②「何かが起きている霜夜」

読者はまず、「起きているのは洗濯機か？　いや違う。しかし、確かに何かが起きている」と読むでしょう。「起きている」は、この場合目を覚ましていることです。そして、「何かが起きている霜夜」と句の終末まで読むことによって、その読みが、「何かが起こっている、この寒い霜夜に!?」へとスライドするのです。

以上の読みをまとめるなら、最初、意志が有るかのように断続的に繰り返される洗濯機の無機的な機械音から、そこに洗濯機以外の得体のしれない何かが深夜なお起きている（目を覚ましている）のではないかという不安がふと過《よぎ》り、次いで、さらに読み進み、「霜夜」までが視野に及ぶと、自らの知覚を超えた何かが霜夜に起こっている（生じている）のではないかという不安が、読む者に生まれるのです。

その結果、洗濯機の音と霜の降る音の聞こえるほどの厳しい寒さに覆われた不気味な世界が出現するというわけです。

洗濯機の回る日常がそのまま非日常にスライドしていく様が、見事に表現されている作者の意欲的な作品です。

てのひらで故郷こわれし桔梗かな　　高橋比呂子

この句は、真ん中の「こわれし」が、前の言葉と後ろの言葉に掛かるように書かれています。

①「てのひらで故郷こわれし」

②「こわれし桔梗かな」

しかもひらがなで書かれた「こわれし」は、「恋《こ》われし」と「壊《こわ》れし」の二重の意味に読むことを可能にしています。なおかつ、「こきょう」から「ききょう」への同じ響きを持つ言葉の展開もイメージのスムーズな展開を助けています。

きっと故郷は、掌中の珠のごとく、てのひらに載せていとおしむうちに、この句の中の人物の内部で何かのきっかけで壊れてしまったのでしょう。大事なものであった故郷が潰えてしまったのです。

しかしながら、それでもなお「故郷（は）恋われし」ものとしてあるのです。そして、「桔梗」もまたその二重性の中に存在するのです。故郷の象徴としての壊れた桔梗すなわち形を失ってしまった桔梗と恋われた桔梗がなんとも美しいです。それにしても、なんという複雑なレトリックを駆使した句でしょう。

次は、涼やかな夏の句を一句。

庖丁の先の光れる夏料理　萩野咲希

「光れる」が「庖丁の先の光れる」と「光れる夏料理」と両方に掛かっている句です。「庖丁の先の光れる」はヒヤッとする氷の刃を思わせ、そのあざやかな庖丁さばきを連想させます。「光れる夏料理」は、夏の日にキラッと輝くみずみずしい夏の料理を出現させせるのです。

あと一つ、気になっていた句を取り上げましょう。河東碧梧桐の次の句です。

思はずもヒヨコ生れぬ冬薔薇　　　河東碧梧桐

この句の来歴はさておき、ずばり、両掛かりで読んでみましょう。

「生れぬ」が、「思はずもヒヨコ生れぬ」と「生れぬ冬薔薇（ふゆそうび）」との両方に掛かっているとして読むことができます。ただし、「生れぬ」で切れているので、「思はずもヒヨコ生れぬ」の方が、主です。イメージ的に強いのです。

しかし、活字となって眼前に提示されますと、「生れぬ冬薔薇」は無視することができません。読者の脳裏に残るのです。この世にヒヨコが生まれ、ヒヨコとは異質な冬薔薇がこの世に突如生まれるのです。まさにこれは思いがけない不思議な光景でした。

俳句という定型詩によって出現した不思議な世界なのです。

16 擬人法（活喩）

1 一般的な擬人法

擬人法は、「活喩」とも言われ、一種の比喩です。その擬人法と言えば、山口誓子の句集『七曜』（一九四二年）の蟋蟀《こおろぎ》の句が思い起こされます。

蟋蟀が深き地中を覗き込む　山口誓子　昭和十五年

同じ句集で、この句の七句前の

蟋蟀のこゑのみ溝にはなにもゐぬ　山口誓子

の蟋蟀も、「蟋蟀のこゑ」と書かれ擬人法的表現がなされています。しかも、「溝にはなにもゐぬ」と書かれ、何者かがこの溝にはいないといったニュアンスも醸《かも》し出しているので、擬人法の句と言えないこともありません。

しかし、この句の蟋蟀は、「覗き込む」といった主体的行動を取っていません。それに「蟋蟀のこゑ」という常套的表現を使っていることと合わせて、さほど読者に蟋蟀の擬人化を意識させないことになります。

しかし、「溝にはなにもゐぬ」は、「地中を覗き込む」の句に発展する方向を持っています。「なにもゐぬ」と「地中を覗き込む」が前後していますが、結果として、

地中を覗き込む
←
なにもゐぬ

の関係になるからです。

「蟋蟀が深き地中を覗き込む」の句は、おそらく「蟋蟀のこゑのみ溝にはなにもゐぬ」からその五句後の写生風の「蟋蟀はきらりとひかりなほ土中」で「土中」という言葉を得て、成立したのでしょう。成立した句の世界は、蟋蟀が、より人格化された世界でした。

この句では、蟋蟀は、蟋蟀でありながら人間的な「深き地中を覗き込む」という行為をするのです。あたかも深い心の深遠を覗き込むように。

ここで擬人法の特徴の一つを述べるなら、擬人法を使って書かれると、その句はそのまま不思議な気配を漂わせ始めることです。それは、本来人間でないものが人間のような行動をするという自然ではないわれわれの世界とは異なる世界が現れるからです。この誓子の句が、ただならぬ雰囲気を持つのはそのためです。

ただならぬ雰囲気と言えば、攝津幸彦の擬人法の句を忘れることはできません。

階段を濡らして昼が来てゐたり　　攝津幸彦

書かれている通りに読めばよいのです。わざわざ、主婦の階段の拭き掃除や「昼下がりの情事」などと言った日常に引きもどして読む必要はありません。文字通り「階段を濡らして」「昼が」来ているのです。どこかの家の階上の部屋に音もなく。

「昼」は、ぐっしょりと濡れていました。まるで水底から今上がって来たもののように。宿命そのものにも似た「昼」の訪れを描いて不気味です。

普通、私たちは、「朝が来る」「夜が来る」とは言いますが、「昼が来る」とは言いません。「昼になる」と言うだけです。

その「昼」が、「昼が来る」と表現されることによって、「昼になる」という時の日常的な何の不可思議もない「昼」から、その背後に意志を持った超自然的な非日常の存在としての「昼」となって現れるのです。

擬人法は、日常を超えた不可思議な世界を私たちに見せてくれます。

おそらく作者は擬人法で意図的にこの句を作ろうとしたわけではないでしょう。結果として、擬人法と名づけられたレトリックを使った句になったにすぎません。さらに言えば、私が、擬人法の句としてこの句をたまたま読んだから、疑人法の句となったのです。

多くのレトリックは、そのようなものです。読み手によってある特定のレトリックを使った句になるのです。ほとんどの俳人は、最初から擬人法で、あるいは直喩で、暗喩で作ろうと意図して句を仕立てるわけではありません。

そのように書いた方が、句にリアリティがあるからそうするだけです。できた句を見て読者が、擬人法だ、暗喩だ直喩だ、換喩だと言うだけのことです。

攝津幸彦には、擬人法の句として読める句が多くあります。

路地裏を夜汽車と思ふ金魚かな

夏草に敗れし妻は人の蛇
生き急ぐ馬のどのゆめも馬
南浦和のダリアを仮りのあはれとす

擬人法はまた、シリアスな世界ばかりでなく、ユーモラスな世界も生み出します。

ぷると落つプッチンプリン春浅し　川原さゑ

「プッチンプリン」が、あたかも自ら身を震わせたかのように書かれています。春とは名ばかりで、その浅春の寒さにプッチンプリンが「ぷる」と身を震わせてプッチン、プリンと皿の上に落ちたのです。こう書かれると、プッチンプリンの「なんだ！　まだ寒いじゃないか」と言う声が聞こえて来そうだから不思議です。商品名「プッチンプリン」を巧みに詠み込んだ句です。

こういう句もあります。

黒百合と約束があり寄り道す　鶴濱節子

白百合でなく黒百合であるのが、擬人法の真骨頂です。擬人法として読めば、「寄り道」もなにやら不穏な雰囲気が。

2　寄物陳思

原石鼎《はらせきてい》（一八八六―一九五一）、一代の名句を擬人法で鑑賞しようと思います。

頂上や殊に野菊の吹かれ居り　原石鼎

「野菊の吹かれ居り」の上に「殊に」が置かれると、「殊に」に託された作者の思いが、「野菊」に対する思い入れとして働き、その思い入れがなされた「野菊」は、微かに「吹かれ居り」と、人の気配を立ち上がらせるのです。

そして、数ある秋の草草の中から「野菊」という個性を際立たせるのです。

この句に漂う俗塵を超越した世界＝頂上に咲く清楚かつ個性的な野菊そのものと野菊のような人物のイメージがオーバーラップされ、風に吹かれ揺れている光景となるのです。単なる自然諷詠の句に終わっていないところが、この句の近代性です。

ところで、「野菊」と言えば同時期の「純真、可憐な恋物語小説として、多くの読者の共感をさそった」（『日本文学小辞典』）伊藤左千夫の恋愛小説『野菊の墓』があります。この小説は、明治三十九（一九〇六）年一月一日発行の『ホトトギス』に発表され、その年の四月、俳書堂より刊行されました。

『評伝　頂上の石鼎』の著者、岩淵喜代子がブログ「石鼎俳句鑑賞」（二〇一二年九月二十五日）で指摘するように「野菊」のイメージは多分に左千夫のこの小説に影響されているかもしれません。

ただ、その影響とは、「真に民子は野菊のような児であった。民子は全くの田舎風ではあったが、決して粗野ではなかった。可憐で優しくそうして品格もあった。厭味とか憎気とかいう所は爪の垢ほどもなかった。どう見ても野菊の風だった」（『野菊の墓』新潮文庫）に止まらず、「勿論僕とは大の仲好しで、座敷を掃くと云っては僕の所（政夫の読書室—筆者）をのぞく、障子をはたくと云っては僕の座敷に這入ってくる、私も本が読みたいの手習がしたいのと云う」（『野菊の墓』、傍線筆者）少女であった。民子は、明治という近代の女性であったのです。＊丁度、石鼎の句が近代性を持っていたように。

この句に続いて、石鼎の名句と言われる秋風の句を擬人法で読んでみましょう。

秋風や模様のちがふ皿二つ　　原石鼎

ひんやりした秋風に吹かれることによって、模様の違う二枚の皿に命が吹き込まれ、個性あるものとして立ち上がるのです。命を吹き込まれた二枚の皿は、それぞれ模様が違うように、経てきた過程も違います。この二枚の皿は、無言で自らの越し方行く末を語り出すのです。

以上、近代的な寄物陳思の雰囲気を持つ石鼎の二句でした。

ここで、近代的な抒情を持つという与謝蕪村《よさぶそん》（一七一六―一七八三）の「花いばら」の句と石鼎の「野菊」の句を比べてみましょう。

愁ひつつ岡にのぼれば花いばら　　蕪村

頂上や殊に野菊の吹かれ居り　　石鼎

「花いばら」は、愁ひつつ岡にのぼった結果としての「花いばら」です、花いばらに命を吹き込むことを形容する言葉はありません。しかし、頂上に咲く「野菊」には作者の「野菊」に命を吹き込む「殊に」があります。野菊には主体が生まれるのです。そこには近代があります。

擬人法には多分に寄物陳思の風がありますが、次の句はどうでしょう。

鳥曇はるかはるかと鳴いてをり　石川裕子

春、北へ帰る鳥が、「はるかはるかと鳴いて」いるというのです。「はるかはるか」は、人語です。その人語を鳥は発するのです。しかしながら、鳥は人語を発するにもかかわらず人ではありません。また、ただの鳥でもありません。一句の中に存在する非日常の世界に生きる、作者の心が投影された有情の「鳥」なのです。

作者は、春の曇空の中、遠い遠い北方に帰る鳥の鳴き声を聞き、その鳴き声から決意、喜び、不安、期待を感じ取り、「はるかはるか」と繰り返す鳴き声を聞いたのでした。「決意、喜び、不安、期待」が入り交じり一つになったのが「はるかはるか」というひらがな書きされた鳴き声なのでした。だから、作者は「遥か遥か」でもなく、「春か春か」でもなく、「はるかはるか」と書いたのです。

「はるかはるか」という鳴き声は、作者の人生から発せられた言葉でもあります。そして、読者もまたこの擬人化によって、渡り鳥に対しより一層心を寄せることになります。

＊民子の近代性については、夙《つと》に評論家、岡庭昇の指摘するところです。

17 遠近法

俳句で遠近法はよく使われる技法です。どういうものかは、実例にあたってみるのが一番です。

遠山に日の当りたる枯野かな　高浜虚子

虚子が明治三十三（一九〇〇）年、二十六歳の時に作った句です。虚子の代表作です。この句は、日の当っている遠山が文字通り遠景で、その前に広がる枯野が近景ということになります。このような遠景と近景によって構成されることで、一句の作り出す空間に奥行きがもたらされるわけです。では、句に遠近がないとどうなるでしょう。虚子が遠山の句の二年前に作った渡し舟の句があります。

蒲団かたぐ人も乗せたり渡舟　高浜虚子

「蒲団かたぐ」とは、蒲団を担ぐことです。あぶなっかしい渡し舟の句です。残念ながら、この句には遠近がないので、平板な句になっています。

この虚子に師事し、後に袂を分かち現代俳句を切り開いた俳人の一人となった山口誓子に、同じ枯野の句があります。

大枯野傾きて山を低うせる　　山口誓子

たゞ見る起き伏し枯野起き伏し　　同

昭和九（一九三四）年、誓子三十三歳の旧満洲での作です。

虚子の句とこれらの誓子の句とを比較してみればすぐ分かることですが、誓子の句も遠景と近景によって構成されています。

虚子の句は、日の当っている遠山＝遠景と枯野＝近景によって構成されていました。では、誓子の満洲での句はどうでしょうか。

一句目は、大枯野＝近景、山＝遠景によって構成されています。しかし、虚子の静的な遠山の句とは違って、近景＝大枯野が遠景＝山をダイナミックに飲み込もうとしている句となっています。葛飾北斎の「富嶽三十六景」の「神奈川沖浪裏」を思わせるような構図です。

二句目は、これが遠景、これが近景といった定まった形で書かれていません。しかし、「たゞ見る起き伏し枯野起き伏し」という表現の中に、遠景としてある枯野と近景としてある枯野がダイナミックなうねりとなって読者に迫ってくるのです。

誓子の枯野の句は、遠景と近景の関係をダイナミックな動きによって描き切ることで、静的な虚子の句をある意味超えたと言えましょう。また、誓子にとって遠近をダイナミックにとらえ、枯野の句を書くということは、未だ拓かれざる大地という満洲のイメージを作り出すことではなかったかと思われます。

それに対し、虚子の静的な枯野の句は、「淋しさの中にあるあたたかさや懐かしさを感じさせる」（小西昭夫著『虚子百句』創風社出版、二〇一〇年）日本人にとっての原風景を思い起こさせるのです。

実は、誓子は、昭和九年十一月に満洲に行くまでに、この遠景、近景を動的に描く方法を、完成させていました。昭和二年の次の句です。

七月の青嶺まぢかく熔鑛爐　　山口誓子

俳句の面白さは、一句の言葉＝表現だけが自立し、それをとりまくものを無化し、消し去ってしまうことです。この青嶺の句もそうです。「熔鑛爐」をとりまく外部を消し去り、「熔鑛爐」そのものが出現しています。その「熔鑛爐」と、これも夾雑物を排した「七月の青嶺」が相対しているのです。

そして、遠景の「七月の青嶺」と近景の「熔鑛爐」が、「まぢかく」という言葉によって引き付けられているのです。満洲での枯野二句と同様、遠景と近景を力技によって一光景として構成しようとする句です。青と赤との激しく相対する世界が現れるのです。しかしながら、激しさの中に心地よさも感じられる句でもあります。

それは、一《いつ》に「七月の青嶺」の七月＝盛夏に対する青嶺の「青」の清涼感にあります。思えば、虚子からずいぶん遠くへ来てしまった誓子でした。そんな誓子を、かつて虚子は、誓子の第一句集『凍港』（一九三二年）の序で辺境に鉾《ほこ》を進める「征虜大将軍」と呼びました。

虚子、誓子の句の後は、現代俳人の句に触れてみましょう。

露地裏を夜汽車と思ふ金魚かな　　摂津幸彦

擬人法の句としても紹介しましたが、よく知られた攝津幸彦の句です。「露地裏」が遠景であり、「金魚」が近景となります。「露地裏」は普通「路地裏」と書くところですが、作者は、情緒を醸し出すために「露」という文字を使っています。その情緒をまとった「露地裏」であるからこそ、「夜汽車」というこれまた情緒的なものが登場してもおかしくないのです。

作者は、露地裏＝夜汽車であると、作者の目の前にある金魚鉢の中の「金魚」が思ったことだ、と言うのです。「金魚」からして情緒的なものです。この句全体は、古き良き昭和の情緒纏綿たる世界を「金魚」の視点から描こうとしていると言えましょう。世界が不思議な雰囲気を醸し出しているのはそのためです。

しかし、情緒的ではありますが、情緒に流されてはいません。それは、遠景と近景からなる世界が、下五の切字「かな」によって強く日常世界と切られ、なおかつ、五七五定型によってがっちりと構成されているからです。

そして、何よりも遠景と近景によって構成されることは、先にも述べましたように、句に奥行きを与えることになるのです。

ですが、この遠景―近景による遠近法は、単に空間的な景色、眺めに止まりません。句の中の人物の内部に起こった心理的、時間的距離をも含めて遠景―近景による遠近法を考える必要があります。中村草田男《なかむらくさたお》（一九〇一―一九八三）の名高い次の句を見ればそれはよく分かります。

降る雪や明治は遠くなりにけり　　中村草田男

「降る雪」を眺める人物にとって、眼の前の「降る雪」は、近景です。しかし、降る雪は、切字「や」によって近景から遠景までを包み込む茫漠たる世界を出現させます。眼の前の「降る雪」を見ているうちに、人物はその茫漠たる世界の彼方に、遠く過ぎ去った郷愁の世界としての明治を見はるかすのです。

言葉の遠近法によって作られる奥行きの深さが実感できる句です。

そのほか、いくつか個性的な遠近法の句を紹介しましょう。

秋夕焼けカフェでひらく時刻表　　高橋千賀子

秋夕焼け（＝遠景）の淡い光がカフェにいる人物を染めます。人物は、どこか遠くへ旅をするつもりなのでしょうか、時刻表（＝近景）を開いています。きっと、開かれた時刻表も淡く秋夕焼けに染まっているに違いありません。この「カフェでひらく時刻表」は、「秋夕焼け」に対して近景なのですが、秋夕焼けに淡く染まるこの時刻表は、この句を読む人物（読者）を、このカフェから連れ出し、遠い世界へとそこはかとなく誘います。

時刻表が、時間ではなく、現実を超えた空間的広がりを生み出す面白さがこの句にはあります。


カンナ咲く水平線の見える駅　　柴田美代子

夏の一日、真っ赤なカンナが静かな小さな駅に咲いています。遠くには青い海。水平線が視界いっぱいに広がっています。この句の眼目は、近景と遠景がオーバーラップして一つのシュールな光景を形作っているところにあります。

具体的に言えば、近景＝カンナと遠景＝水平線が重なって遠近一体化した光景が現れているのです。それが「カンナ咲く水平線」なのです。

赤と青のコントラストをなす美しい世界が目に見えます。

18 という

秋愁といふべかりけり複葉機　八田木枯《はったこがらし》
母国語を持たないという秋愁　播磨穹鷹《はりまきゅうおう》

この二句は、季語が「秋愁」ですが、秋愁のイメージを言いとめようとした両者に共通のレトリックは、「という」です。

掛かり方が違いますが、一句における機能と言ってよいのか、効果と言ってよいのか分かりませんが、「という（ふ）」という言い方は、伝え聞いたことのように語り、ものごとを明言することを避けるところから、一種の曖昧さが生じることになります。

その曖昧さが秋愁の波長と合い、曖昧さがはっきり現れるのです。愁いとはそもそも悩み苦悩より曖昧な感情です。それに「という」が合うのです。おそらく「春愁」にも合うでしょう。一度、「春愁といふ」「という春愁」で作ってみたらどうでしょう。

19 倒置

鳥わたるこきこきこきと罐切れば　　秋元不死男

秋元不死男《あきもとふじお》（一九〇一―一九七七）のこの句は、どちらかと言えば、オノマトペ（声喩）の句として有名です。罐を「こきこきこき」と切る様と、渡り鳥が「こきこきこき」と渡って行く様を一句にした句として。しかし、ここでは、倒置の句として取り上げます。

倒置は、文法上の普通の語順と違っているように読者には思えますから倒置と思うだけです。句の表現から見れば倒置と名付けることにあまり意味はありません。問題は、なぜこのような倒置と名付けられた表現の形を、この句が取らなければならなかったかです。

それは、鳥の渡る行為と罐を切る行為がいつまでも続くことが願われているからです。鳥が渡る行為と罐を切る行為は、実際には関連はありません。しかし、作者は、鳥が楽しそうにこきこきこきと遠くの空へ飛んで行き、句の中の人物が嬉しそうにこきこきこきと罐を切る世界が、今のままずっと続いてほしいと思っているのです。
普通の文と違って、語順が逆さまであると感じた読者は、本来の語順にもどして読もうとします。この句に即して言うならば、

鳥わたるこきこきこきと罐切れば

とまず読んだ読者は、

こきこきこきと罐切れば鳥わたる

と、普通に読もうする意識が働きます。そして、それがエンドレスに繰り返されるのです。

鳥わたるこきこきこきと罐切れば
↓
こきこきこきと罐切れば鳥わたる
↓

といったように。
ちょっとおしゃれな現代的な俳句を読んでみましょう。

ピーマンは出ないわメロドラマだから　　工藤惠

中原幸子は『船団の俳句』（本阿弥書店、二〇一八年）で、この句についてこう語っています。

出ないわ、というけれど、読む方はつい、ピーマンがメロドラマに出て恋をするような錯覚をしてしまう。

どうして読者を錯覚させるのでしょう。私は、これも倒置の力だと思います。先ほど述べましたように、倒置は、「正しい」語順に読者をみちびくのです。このように。

メロドラマだからピーマンは出ないわ

これで安心したと思ったら、元の句は

ピーマンは出ないわメロドラマだから

だから、また、またこうなってしまう。

メロドラマだからピーマンは出ないわ

そして、「ピーマンは出ないわ」と否定されても、一句の上に「ピーマン」という言葉があるかぎり、ピーマンとメロドラマとの関係はなくなることはないのです。だから、こうして何度も一句を繰り返して読んでいるうちに、「読む方はつい、ピーマンがメロドラマに出て恋をするような」ふうに思えてきてしまうのです。恋の相手はきっと「メロン」でしょう。

次のような句もあります。

早苗植う思考と歩行まつすぐに　松本秀一

ビール飲む腰を痛めたペリカンと　　小西昭夫

松本秀一の句は、いつまでも思考と歩行をまつすぐに保ち、ひたすら早苗を植え続けますし、小西昭夫の句は、ビール運びで腰を痛めたペリカン＊と、いつまでもビールを飲み続けるのです。

＊石川智久監督、アニメ「ペリカン・生ビール」。

20

ないと言ってもある（否定態）

正岡子規に、

赤蜻蛉筑波に雲もなかりけり　　正岡子規

という句があります。

論理的には、「雲もなかりけり」と言っていますので、雲さえもない筑波山の秋の空という意味になりますが、そこは定型詩、俳句です。いくら雲もないと言っても、一句には現に「雲」という文字、言葉があります。そのため、鑑賞する読者の脳裏から雲のイメージは振り払うことはできません。それによって、見えないはずの面影としての雲が遠くに現れ、この面影としての雲が現れることによって、一句に奥行きができるのです。

これによって、はるか彼方に面影としての雲が浮かぶ、筑波の嶺の上に大きく広がる青い空を、「赤蜻蛉（あかとんぼ）」のゆうゆうと飛ぶ姿が見えてくるのです。

これは、西郷竹彦が言う、なくても現れるというレトリック、「否定態の表現」です。この句と似た構造を持つ林田紀音夫《はやしだきねお》（一九二四－一九九八）の句を見てみましょう。

星はなくパン買つて妻現われる　　林田紀音夫

この句も、「星はなく」と書かれていますが、「星」という文字は、句の上から消えてはいません。だから、星はあることを否定されても句にはあります。ただ、あることを否定されていますので、面影として句にあることになります。文芸とは面白いもので、このようにないものもあるのです。だから、句を読む時、俳句に書かれた言葉のイメージとはそういうものだと思って読む必要があります。俳句は論文ではありませんので。

星のない淋しい夜、決して贅沢とは言えない一個の生きる糧、パンを買って妻が闇から現れました。しかし、妻を待っていた夫の目には、遠く妻の背後に光る一つの小さな星が見えました。この星は、否定されることによって現れた、好ましい妻を祝福する幻の星なのです。まずしくても日々しあわせに暮らしている夫婦の姿が見えてきます。

もちろん、この星は、遠く彼方に光る星として、句に奥行きを与えています。

「否定態の表現」の句には、他に蕪村の

春の水山なき国を流れけり　　与謝蕪村

といった先の二句と似たようなものもありますが、実際には、様々なバリエーションがあります。

紅葉せり何もなき地の一樹にて　　平畑静塔

この句のポイントは、「何もなき地の一樹」という表現です。この一本の紅葉する樹は、何もないはずの地にあるのです。何もないはずの地ならば、この一本の紅葉する樹すらも存在しないはずです。にもかかわらず紅葉する一本の樹は存在するのです。

このように表現の在り方によって、この世に紅葉する樹を超えた別世界に紅葉する一本の樹が句の中に現れるのです。紅葉するそれは美しい樹が。

はるばると来て春燈に不言《ものいはず》　　飯田蛇笏

はるばると来てほっとするはずの春の暖かな灯のもとでなら、これまで「はるばる」とやってきた人生のことなど一気に語り出しても良いくらいです。

しかし、この人物は、一言も語らないのです。言わないことによって、無限の思いを語っているのです。

「ないと言ってもある」表現の不思議さを思わずにはおれません。

21 俳句の視覚化（視覚詩）

たとえば、高浜虚子にこのような句があります。

帚木に影といふものありにけり　　高浜虚子

「帚木」は「ははきぎ」と読み、昔は箒にするために植えられた帚木草（ほうきぐさ）のことです。ふんわりとして何やらぼーっとしている帚木に、帚木自体よりもはっきりとその存在を主張する影というものがあると言うのです。その主客転倒の面白さ。

そのため、ここで使われている漢字は影の元である「帚木」とその「影」だけです。画数において「影」は「帚」よりまさり、字の形からくる印象も「帚」より「影」の方が強いのです。句に置かれた漢字のバランスに無理はありません。

そしてここから、帚木の影が、「といふものありにけり」と真っ直ぐに伸びている様子がありありと見えてくるのです。

これは文倉隆子の視覚詩

涯の崖の影

と同じ姿をとっていると私には思えます。もちろん、ここまでは、作者虚子は意図していないかもしれませんが。

　ここで私が言いたいのは、この虚子の漢字とひらがなからなる俳句は、一種の視覚詩と言えるのではないかということです。

　しかも、視覚詩と言える俳句は、この虚子の俳句だけではありません。次の芳野ヒロユキの句もそのようにできています。

伊勢海老でええかええんかええのんか　芳野ヒロユキ

この句、何のことか一見一読分かりません。しかし、視覚詩の眼で見ていると、見えてくるのです。まず、「え」が、伊勢海老を横から見た姿に見えてきます。ひらがな「え」は伊勢海老の形が文字によってイメージされたもの（形象化されたもの）なのです。そして、やがて、他のひらがなも、伊勢海老の様々な姿態に見えてくるから不思議です。

作者は、伊勢海老に「伊勢海老でええかええんかええのんか（くわれちゃうよ！）」と伊勢海老語で言いつつ、同時に文字の姿を借りて、伊勢海老の姿を表現しようとしているのです。読者は、その両方からこの句を味わうことになります。微笑みながら。

なぜ、こんなことができるかと言いますと、それは、日本語は、漢字、ひらがな、カタカナの三つの形の異なる文字を持つ言語だからです。詩人、俳人は三つの文字の持つ、視覚的効果を自分の作品に使う誘惑にかられるのです。

形象化の例として、あやふやな形象化が面白い、ひらがなと漢字からなる坪内稔典《つぼうちねんてん》のような句もあります。

たんぽぽのぽぽのあたりが火事ですよ　坪内稔典

あやふやな形象化と言えば、漢字、ひらがな、カタカナで造形された芳野ヒロユキの次の句はどうでしょうか。

花鋏チューとリップに切るなんて　　芳野ヒロユキ

真っ二つになったかわいそうで、滑稽なチューリップが見えてきます。無粋な花鋏も。なお、火事の「たんぽぽ」がひらがなで、切られる「チューリップ」がカタカナであるのも、妙に納得です。ひらがな、カタカナは、それぞれ独自の視覚的効果だけでなく質的、官能的効果も持っているのです。読む時は当然、両方を味わうことになります。

最後に、小川双々子の天橋立を面影にした俳句を紹介しましょう。

くちなはのゆきかへりはしだてを曇りて　　小川双々子

視覚詩的な俳句は、いくつでも見つかるので、一度探してみてはいかがでしょうか。

なお、小川双々子の「はしだて」の句については、詳しくは二〇一八年八月発行の『韻』二十八号掲載の筆者の「視覚詩としての俳句」をお読みください。

22 イメージの重なり（重層化）

俳句においてイメージの重なりと言えば、次のような場合があります。

春風邪や振っては散らす万華鏡　　三宅やよい

「春風邪（はるかぜ）」に「春風」が掛けられています。春の良き日に春風邪を引いて所在ないままに万華鏡を振っては散らす人物と、万華鏡を美しく散らす春風のイメージが重ね合わされた、千変万化する人の心の内と万華鏡の美の世界に魅入られそうな一句です。

次は、いくつもの言葉が掛け詞になっている複雑な句です。

世にかたき椎名林檎という林檎　　二村典子

この句は、「かたき」は「固き」と「難き」を、「椎名」は「椎の木」と「椎名」という苗字を、「林檎」は人の名前と「林檎」という果物の名前とを掛けています。この句は、世に稀な椎名林檎という林檎はすばらしいと言います。しかも、その林檎は固くて堅固です。さらに、句には、おいしそうな真っ赤な林檎が二つ確かに輝いています。そこには椎の木さえも生えていてにぎやかです。

次は、全体が掛け詞になっている句です。

金木にはかんなぎかなづちななかまど　　高橋比呂子

漢字は「金木」以外には使われていません。当然「金木」の「金」の文字にすぐ眼が行くように仕組まれているのです。一行縦書きの俳句の天辺に置かれた「金」が周囲に光を放っています。しかも「金」の下には「木」。「金」は俳句の天辺であると同時に「木」の天辺にあるのです。その「金木」から不思議な言葉たちが自ずと生まれ、カ音、ナ音がよじれつながっていきます。「かんなぎかなづちななかまど」と。

これは読者には呪文のように響くに違いありません。ここでいう呪文とは、言葉がこの私たちの眼の前の世界＝この世の言葉になる前の隠された世界＝あの世（仏教的意味合いではなく）の言葉です。それはカミの言葉と言ってもよいでしょう。

「木」は太古においてはカミの憑代《よりしろ》でした。この句は、その神聖な「金木」にまるで「かんなぎかなづちななかまど」というこの世の言葉になる前の言葉が、絡みついているかのように書かれているのです（一句が金木の形象化ともなっています）。そして「金木」には「かんなぎ」が、密かに隠されています。

ひらがなのみの言葉はあの世の言葉です。それがひらがなのみでない漢字仮名交じりなどの表記にされることによってこの世の言葉になり変わるのです。

金木　には　神椰木　金槌　七竈
金木　には　巫　金づち　ナナカマド

この世の金木は、世の常として雑多なものの入り混じった呪を求める世界でした。
なお、作者、高橋比呂子は、実在の地名を核にして一句を仕立てる方法を、自らの方法として確立していることを申し添えておきましょう。たとえば、この句の場合が、その一例です。

「金木」の文字から来るイメージと実在の津軽の「金木（かなき）」という地名が巧みに使われています。しかも「かなき」という言葉は、中七に隠されているのです。

先の句は、二字漢字がありましたが、次はすべてひらがなの句を読んでみましょう。

たかやまのひくやまのひだわれもかう　　小川双々子

イメージの重なりは、この句でも貫かれています。

ひらがな書きにする意図は、様々なイメージを一句の上で重ねるためです。ひらがな書きされた言葉は、まだ言葉として未分化なのです。漢字仮名交じり文になって初めて日本語は言葉となります。

作者は一定のイメージの重なりを意図してひらがな書きにするのですが、読み手によっては、作者の意図を超えるイメージの重なりを発見することができるかもしれません。

これから読む私の読みは、はたして作者の意図を超えた読みかどうか分かりませんが、イメージの重なりをふまえた読みをしてみましょう。

まず、この句を漢字仮名交じりの句にしてみます。

・高山の低山の襞吾亦紅

・高山の引く山の飛騨吾亦紅

・高山の引く山の飛騨吾も斯う
・高山の引く山の襞吾も斯う

試みに四つの異なった表記をしてみましたが、いかがでしょうか。

これを総合して読むことを双々子の一句は期待していると、私には読めるのです。

こう読んでみますと、一つの世界が言葉を発しているようではないでしょうか。

まるで飛騨の国の高山・低山に斯《こ》のように木霊《こだま》しているかのようです。

遠くの高山、近くの低山を背に輝く山車を引く飛騨の人々。

秋の飛騨の山々の襞に気持ちよさそうに紅い楕円の頭を揺らしている吾亦紅たち。あたかもこの飛騨の天地に吾《われ》も亦《また》斯《か》くもゆったりと生きんとしているのだと言うかのように。

俳句はたかだか十七音、仮名にして十七文字です。そのため、一句をより豊かに成り立たせるために様々な技法（レトリック）を使うのですが、この小川双々子が使った総ひらがなによるイメージの重なりのレトリックは、その一例と言えるでしょう。

小川双々子は、このイメージの重なりの技法を使った句をいくつも作っていますが、その代表的な作品と言えば、次の二句です。

風や　えりえり　らま　さばくたに　菫　小川双々子

雪の電線今カラデモ遅クハナイ　同

「風や　えりえり　らま　さばくたに　菫」の分析・鑑賞は『武馬久仁裕句集』（ふらんす堂、二〇一五年）を、「雪の電線今カラデモ遅クハナイ」の分析・鑑賞は本書の付録1に掲載しましたので、それぞれお読みいただければ幸いです。

最後にイメージの重なりの観点から、名句の誉れ高い飯島晴子の句を読み解いてみましょう。

わが末子《ばっし》立つ冬麗のギリシヤの市場　飯島晴子

この句は、上から下まで遠さと近さのイメージの重なりを持った言葉によってできています。それがこの句を名句にしています。

「わが末子」は、句の中の人物の自分の末の子です。それは、一番年が若いために可愛い近しい存在ですが、序列において一番遠い所に位置する存在です。「冬麗」は、冬の晴れたうららかな日です。冬は四季＝春夏秋冬の中で一番遠い季節ですが、「麗」は本来春の季語であり、季節の中で一番近しい春をイメージさせます。「冬麗」とは、冬の季語ですが、内に春に寄せる思いが込められた季語です。

「ギリシヤの市場」の「ギリシヤ」は、「冬麗の」と、「冬麗」という季語に規定されることによって、作者と同時代の現実のギリシャに引き寄せられますが、「ギリシヤの市場」と展開することによって、アルバート・ケテルビー作曲「ペルシャの市場にて」の郷愁を誘う曲のイメージが重なるのです。そして同時に「ギリシヤ」は、遥か昔の石造神殿の聳《そび》える古代ギリシャへとイメージ的に回帰するのです。

以上のような言葉（表現）の仕掛け（レトリック）の総合として、一句の世界が、読者から遠くもあり近くもある、または、近くもあり遠くもあるという実に不思議な世界として現れることになるのです。

そして、その不思議な世界に、すっくと立っているものこそ、端麗な愛する末子なのです。

このようにイメージの重なりは、俳句に不思議な世界を出現させます。

23 五七五の力

1 俳句

俳句を読む時はたいていの場合、まず、一句に書かれたことからその俳句の描いた状況を想像、連想します。そして、それがうまく書かれているかどうか、書かれた状況が素晴らしいか素晴らしくないかを述べるのが普通です。これを状況還元的読み方と言います。想像できた状況が取るに足りない場合は、

作者の興味は、流れてゆく大根の葉の早さに集中する。作者の心は、瞬間他の何物もない空虚さが占領する。よく焦点をしぼられた写生句であり、『ホトトギス』流の写生句の代表作とされるゆえんであるが、その場合この写生句が、精神の空白状態に裏付けされていることを認めねばならぬ。

（山本健吉著『現代俳句』角川文庫、一九七三年）

と論評することになります。もってまわった言い方ですが、「精神の空白状態」とは、はっきり言えば頭が空っぽということです。この写生句は頭の空っぽの人間が作った句だと言っているのです。この写生句とは、高浜虚子の昭和三年の次のような句です。

流れ行く大根の葉の早さかな　　高浜虚子

では、この句は本当に存在する価値のない句なのでしょうか。これを状況還元的でない読み方で読んでみましょう。

この句において、この上五の「流れ行く」は、「流れ行く大根の葉」といったように「大根の葉」に掛かるとともに、川の「流れ行く」様子をも述べています。だから、われわれ読者がこの句を読む時、「流れ行く」と上五を読み、まず川の流れをイメージすることになります。そして、次に中七の「大根の葉」を読むことによって「流れ行く大根の葉」をイメージすることになります。

そこで、賢明なる読者は気づかれるかもしれません。

「ながれゆく」と上五を読む速度と比べて、「だいこんのはの」と中七を読む速度の方が速くなることを。

確信が持てない方は、一度だけでなく何度も何度も注意してこの句を読んでください。納得されることと思います。

これは、中七の七音を読む時も、上五の五音を読む時間と同じ時間で読もうとするために起こる現象なのです。＊

では、なぜこのような現象が起こるかと言いますと、読む速度が加速されることから来る心地よさです。これが長い日本語の歴史を経て日本人の感性に文化的に蓄積されてきたのです。

この上五と中七の読む速度の違いこそ、この句を名句たらしめている理由なのです。

読者は、読み始めに川の流れをゆっくりしたものと感じたのですが、大根の葉の流れ行くのは早く感じるのです。

見かけの川の流れに反して大根の葉の流れる早さが早いことで、この川の本当の姿を感じ取ることになるのです。そして、下五「早さかな」で上五「流れ行く」とまた同じ速度にもどり、一句は収束するのです。そして、読者は、下五「早さかな」という感動に違和感を覚えず納得するのです。

虚子の「流れ行く大根の葉の早さかな」の句は、五七五定型によって、このような読みの可能性を潜在的に持った句であると言えましょう。

五七五の音の調べと、言葉によって表現されたことが一体となって、読む者を得心させる力を持つに至った句です。

＊この加速性の原理については、菅谷規矩雄著『詩的リズム―音数律に関するノート―』（大和書房、一九七五年）に依っています。次の短歌も同様です。上記の現象の原理について詳しくは、『詩的リズム―音数律に関するノート―』をご一読ください。

2　短歌の場合

俳句の五七五のことを話しましたので、ついでに短歌の五七五七七の機能の一端を見ていただきましょう。斎藤茂吉に次のような歌があります。

ゆふされば大根の葉にふる時雨いたく寂しく降りにけるかも　　斎藤茂吉

斎藤茂吉の『あらたま』に収められた大正三年の歌です。

まず、二句三句の分析をします。本来ならば、初句「ゆふされば」のあと、二句三句は、「大根の葉に／ふる時雨」の七・五に切って読まれるはずですが、この歌は、「大根の葉にふる時雨」と切らずに読まれるようになっています。それは、「大根の葉にふる時雨」が、韻文的でなく、むしろ口語的響きを持っているため、句の一体性が強いからです。

ですから、「ゆふされば」のゆったりした初句五音を受けて、「大根の葉にふる時雨」十二音全体が、初句「ゆふされば」より、より加速して読まれることになります。

これは、「1　俳句」でも述べましたが、普通、初句五音のあと二句七音を、初句五音を読むのに費やした時間と同じ時間で読もうとする意識が働きますが、その延長線上での現象です（前頁の注釈＊参照）。

「ゆふされば」より加速された「大根の葉にふる時雨」は、日本語特有の等時性によって、「だ・い・こ・ん・の・は・に・ふ・る・し・ぐ・れ」と、一音節一音節が、同じ時間に読まれることと相俟《あいま》って、「大根の葉にふる時雨」の様を音声的に形象化することになるのです。

静かに訪れた夕暮れに、にわかにぱらぱらと寂しく大根の葉に降り出した時雨の様が、言葉と音の一致した形で表現されているのです。

さらに言えば、「大根の葉にふる時雨」の読み方が、時雨の降る様を形象化しているとするならば、初句にもどって、「ゆふされば」は、時雨の降る様の文字による形象化（ひらがなの一字一字が雨粒）と化すのです。

以上が上の句の構造です。次いで、下の句の分析に移ります。

下の句は、四句「いたく寂しく」、結句「降りにけるかも」からなっています。音節で表記すれば、四句は、「いたく／さびしく」であり、結句は「ふりに／けるかも」です。両者とも、三音節・四音節となっています。

これも、先の読む場合の加速性から言えば、「いたく」と同じ時間で「さびしく」を読もうとする意識が働きますから、読む速度が、「さびしく」に到って速くなることになります。結句も同様です。「けるかも」に到って、「ふりに」より読む速度が速くなるのです。

これが、上の句「ゆふされば大根の葉にふる時雨」という形で表現された時雨の光景を、二度の緩・急（四句）、緩・急（結句）で、畳み掛けることによって、この時雨の光景を見ている人物の内面へと入り込ませて行くのです。

こうして、上の句の「ゆふされば大根の葉にふる時雨」はそれを見ている人物の内面の光景へと転化されることになります。

このように、この歌は、いわゆる写生歌であると同時に心象と化した写生歌にほかならないのです。

茂吉は、大正十四（一九二五）年の自選歌集『朝の螢』の「巻末の小記」で、この歌など五首を引きながら、次のように言っています。

かくの如き一群の歌もある。かういふ静かな、澄んでしいんとしてゐるやうな風景の歌は、…（略）…今ならば象徴的歌である。…（略）…私の是等の歌は縦《よ》しんば下等であつても、これは写生の歌である。それゆゑ是等の歌はおのづから象徴歌になつてゐるであらう。若しなつてゐなければ、いまだ写生力が足りないのである。

茂吉が言う、「おのづから象徴歌になつてゐる」写生の歌とは、写生歌であると同時に心象と化した写生歌のことに違いありません。

ところで、まだこの時雨の歌で解明していないことが一つあります。上の句の「ゆふされば大根の葉にふる時雨」の「ふる」がひらがなで、下の句の「いたく寂しく降りにけるかも」の「降り」が漢字になっていることです。

なぜでしょうか。それは、小野小町の人口に膾炙《かいしゃ》した次の歌と比較してみればよく分かります。

花の色は移りにけりないたづらにわが身世にふるながめせし間に　　小野小町

ご存じのように「ふる」は、「世に経る」の「経る」と「降る長雨」の「降る」が掛けられています。

それと同じように、茂吉のこの時雨の歌も、上の句の「ふる時雨」の「ふる」は、「経る時」と「降る時雨」が掛けられているのです。

作者は、この眼前の時雨の光景に、来し方への深い思いを込めたのでした。

24

朧《おぼろ》と放射線

私は『ロマネコンティ』九十八号（二〇一〇年七月）の同人作品評「朧夜考」で次の二句を挙げ、「朧」と放射線について述べました。

朧夜や原子力船解体す　　片山一樹
プルトニューム積み出す朧夜の車体　　榾山翔

それは、おおよそ次のようでした。

最初の句「朧夜や原子力船解体す」の「朧夜」は「朧月夜」の略された言葉であるが、「月」という文字を隠すことによって、より「おぼろ」となる。しかも、「朧」という漢字には「月」偏という小さな「月」がすでに入っている。

まず上五の「朧夜」はそのように読む必要がある。決して「朧夜」を「朧月夜」の短縮形と短絡的に理解してはならない。

微かにのぞく月影が、微かな光を発している、おぼろにかすむ春の夜の出来事としてこの句をとらえたい。

その出来事とは「原子力船」の「解体」である。微かな出来事ではない。

しかし、解体作業は、「朧夜」の中、微かに密かに進められている。しかも、原子炉をはじめ原子力船に存在する放射性物質は、解体されつつある原子力船を、微かに発光させているのである。

朧夜に紛れ、発光しつつ解体する原子力船の姿を眺めている人物は、その妖しくも美しい光景に魅入られているのである。

春の夜の極めて日本的な情趣をイメージとして持つ言葉（季語）である「朧夜」は、現代の最も妖しさに満ちている物である「原子力」と親和的である。

次の句「プルトニューム積み出す朧夜の車体」においても、放射性物質を積み出すのは、同じく「朧夜」の出来事であった。

そして、その「プルトニューム」を積載して「朧夜」に紛れて「積み出」そうとする無機的な「車体」を、人物はある種の感動を持って眺めているのである。不気味さを感じつつも。

しかし、この句は不気味なものを　不気味だと言っているわけではない。さきほど「朧夜や原子力船解体す」の句で述べたように、不気味であるだけでない、美しいのである。

放射性物質プルトニュームによってこの句の「車体」も微光を発している。朧な月のかそけき光と放射性物質による微光の織り成す妖しくも美しい光景が、ここにも現れるのである。

この二句から言えることは、通常目に見えない恐ろしいものとしてのイメージを持つ「放射能」が、我々の目に見える物として、微光を発しつつ妖しい美しさを纏って現れるのにふさわしい状況の一つは、「朧夜」であるということである。これは、この二句の成功から言える。

この「朧夜」という季語によって、原子力は、図らずも俳句的美の世界に包摂されたと言えよう。

それから、一年もたたずに、放射線の恐怖は現実のものとなりました。そして、二〇一一年七月一日付け朝日新聞「天声人語」に、載った歌は図らずも、

原発の同心円に居て仰ぐおぼろの月のまどかなるかな　福島・美原凍子

でした。そして、

ヨウ素セシウムプルトニウムという朧　三上史郎

という句も作られました。

放射線のイメージをまとった「おぼろ」も現実のものとなったのです。

三上史郎の句を論ずる前に、三・一一以後の放射性物質を詠みこんだ句を紹介しましょう。ここには、カタカナの機能が典型的に現れています。

牛飼いの牧場のセシウムメルトダウン　畑中南瓜

この句が一句として成り立つのは、カタカナの持つ無機質性と記号性によるところが大です。

使われている言葉はセシウムですが、これは文脈から言えばセシウムの放射性同位元素である放射性物質セシウム137です。原発の燃料ウラン235から生まれたものです。むろん生物に悪影響を与えます。

「牛飼いの牧場」という人間の営みの牧歌的、有機的世界は、「セシウムメルトダウン」という放射線のイメージを持つ無機的、記号的な言葉に覆われ、しかも汚染されてしまっています。これがこの句の世界です。

そして、「セシウムメルトダウン」というカタカナ表記は同時に、「牛飼いの牧場」に放たれる放射線の形象化でもあります。さらに言えば、カタカナ表記はまた、関係を断ち切られてばらばらと化してしまった世界の形象化ともなっているのです。

「ヨウ素セシウムプルトニウムという朧」の句は、前述の「牛飼いの牧場」の句のセシウム137にさらに二種の放射性物質が加えられて一句ができています。

当然ながら「ヨウ素」はウラン235から生まれた「ヨウ素131」を指し、「プルトニウム」は、原発から生まれた猛毒「プルトニウム239」を指します。

プルトニウム239は、原発の燃料となり、原子爆弾の原料ともなる猛毒の放射性物質です。ここでも畑中南瓜の句同様カタカナの機能が効果的に働いています。

しかし、ここで注目しなければならないのは、言うまでもなく最後に置かれた「朧」という言葉です。放射線は、この「朧」という季語によって四季の内側にとりこまれているのです。

通常目に見えない、季節を超えた恐ろしいもののはずの「放射能」が、私たちの目に見える物として、微光を放ちつつ妖しい美しさをまとって詩的に現れるのにふさわしい状況の一つは、「朧にかすむ春の夜」であったということです。

それはそれで、文芸の一つの到達点でありましょう。しかし、それは、そのような朧夜を眺めることができる人物がいるということです。「原発の同心円に居て」「おぼろの月」を仰ぐ人物がいるということです。

私たちは、ここからさらに一歩進め、この地上に句を書く人物も含め誰一人居なくなってしまった世界、そんな世界も書かなければならないのです。滅びの可能性を無視できない今日においては。

それは、辛いことであり、恐しいことです。だが、それをこそしなければならない時を迎えています。

25 核の書き様

1 核からの戦後俳句

戦後俳句は、ある意味原爆の句から始まりました。このことは、心にとどめるべきです。近代の戦争は、無季を本質とします。四季的世界をひたすら破壊するのです。その近代の戦争の行き着くところが、原子核の分裂の連鎖を人工的に引き起こし、そこから出る巨大なエネルギーを応用した兵器、原子爆弾です。

昭和二十（一九四五）年八月六日、それが史上初めて広島市に投下され、広島の街は壊滅しました。向こう七十五年間、広島には草木は生えないと噂されました。

西東三鬼は、原爆投下の一年後、昭和二十一年七月、広島に立ち寄りました。『西東三鬼読本』（角川書店、一九八〇年）の年譜によると、「夏、広島に行き原爆の惨状を見る」とあります。自句自解『三鬼百句』（一九四八年）*には「夜、戦後の広島に下り立った。白く骨立した松の幹に私は広島の姿をみた」とあります。

三鬼はこの体験をもとに翌年「有名なる街」八句を発表しました。その一句が人口に膾炙する次の句です。句は、当然ながら無季です。

広島や卵食ふ時口ひらく＊＊　　西東三鬼

広島の惨状を前に、ぽっかりと開いた虚無の口の中に、死んだばかりの生命、ゆで卵が飲み込まれようとしています。そこが広島であるということ以外に、なんの意味づけもされずに。

日華事変の勃発した昭和十二（一九三七）年の無季句

兵隊がゆくまつ黒い汽車に乗り　　西東三鬼

から始まった三鬼の戦争俳句は、昭和二十一年の広島の句に極まり、そこから三鬼の戦後俳句は始まりました。彼は、「有名なる街」八句の最後「広島や林檎見しより息安し」から有季定型俳句へ転換しました。安定した自然に救いを求めました。

しかし、その三鬼の転換とは裏腹に、三鬼の「有名なる街」は、核の時代、冷戦の時代

という世界史の中に生きなければならない日本の戦後の始まりを象徴する句となりました。戦前、三鬼と共に

繃帯を巻かれ巨大な兵となる　　渡邊白泉　昭和十三年

など戦争無季俳句を推進し、国家に異議申し立てをした渡邊白泉は、俳壇から離れ、昭和二十七年、静岡県沼津市に移り住みました。そして、昭和二十九（一九五四）年三月一日に起こった第五福龍丸事件に遭遇しました。

同じ静岡県の焼津市のマグロ漁船第五福龍丸が、操業中、ビキニ環礁で行われたアメリカの水爆実験で死の灰を浴びたのです。第五福龍丸は無線封止を行い、三月十四日に焼津に帰港しました。乗組員二十三人が被爆し、久保山愛吉無線長が半年後放射線症による肝臓障害で死亡しました。

白泉は、昭和三十一年十二月刊の『俳句年鑑』（『俳句』臨時増刊）に、恐らく、第五福龍丸事件に触発されたと思われる次のような句を発表しました。

地平より原爆に照らされたき日　　渡邊白泉

句の世界の人物のその日は、地平より原爆の熱線と放射線に照らされたいと切に願う日でありました。原爆に照らされ一瞬のうちに死ぬことによって、人類に目覚めてもらいたいと切に願う日でありました。

一句には人類を滅亡から救うための一犠牲たらんとする一人物の願いが溢れています。「地平より原爆に照らされたき日」と叫ばずにいられない絶望的な状況が彼の目の前にあります。

この句の眼目は、「照らされたき」です、普通、「原爆に照らされる」とは言いません。放射線を浴びる、「原爆の閃光を全身に浴び」る（川名大『現代俳句（上）』筑摩書房、二〇〇一年）です。「照らされる」は、「月に照らされる」「夕日に照らされる」と使われます。すなわち、照らされることによって対象が明るく美しく輝くのです。

この句は、原爆というおぞましいものによって美しく輝く自分を願う句なのです。そして、照らされる時は一瞬であり、それは同時に自己の完全なる消滅の時です。

全人類の罪を一身に背負いゴルゴダの丘に死んだキリストは、悲惨であり、同時にその姿は光り輝く一個の美でありました。

私には、「原爆三句」と呼ぶ三句の戦後俳句があります。その二つは、すでに紹介した三鬼と白泉の句です。二句とも戦後史をその背景に持っていました。後一句も同様に歴史的背景を持っています。冷戦期、米ソが核戦争寸前まで行ったキューバ危機です。それは昭和三十七（一九六二）年十月に起こりました。

次の鈴木六林男の句は、翌年の昭和三十八年の作です。「終りのごとし爆音こもる梅雨の樹下」のあとに置かれています（『鈴木六林男全句集』牧神社、一九七八年）。

暗い地上へあがつてきたのは俺かも知れぬ　　鈴木六林男

「暗い地上へあがつてきた」一人の人物を見つめているもう一人の人物、俺。その人物、俺は、「暗い地上へあがつてきた」人物を「俺かも知れぬ」と言います。

私はそこに、死者が死んだ自分を見つめるまなざしを感じるのです。本当のところ「俺」など、どこにもこの「暗い地上」には存在しないのです。荒涼とした核戦争後の世界を私はイメージしました。ちなみに、鈴木六林男は、三鬼門です。

この六林男の句から四十八年後の平成二十三（二〇一一）年三月十一日、福島第一原発の事故が起こりました。

＊『西東三鬼読本』所収のものから引用。

＊＊新俳句人連盟機関雑誌『俳句人』五月号に発表した時は、「広島や物を食ふ時口ひらく」でした。三鬼は「有名なる街」、八句の内五句を句集に収録しませんでした。それは、アメリカによる原子爆弾に関する文書の検閲を危惧したのではないかと思われます。ただ「広島や卵食ふ時口ひらく」は句集に収録されています。

2 「三・一一以後」の書き方

『福島原発事故独立検証委員会調査・検証報告書』（二〇一二年）（以下『報告書』）の一〇七頁に「震災直後から最初の一週間程度の時期に懸念されていたシナリオは、連鎖的な原子炉の水素爆発のリスクであった」とあります。

それは「悪魔の連鎖」と呼ばれ、官邸中枢では「人間の力ではコントロールできないものと向き合って」いるという危機感・緊迫感に包まれていました。幸運にも余震等による「悪魔の連鎖」は起こらず、首都圏三〇〇〇万人の避難はなく、東日本の壊滅は避けられました。

当時内閣参与であった田坂広志は『官邸から見た原発事故の真実』（光文社新書、二〇一二年）の二四頁で次のように語っています。

このシミュレーション結果＊を見た日の夜、私は、官邸の駐車場で夜空を見上げながら、こう思ったことを、確かに覚えています。

「自分は映画を観ているのではないのだな……」

私が、なぜ「2　『三・一一以後』の書き方」の冒頭で、原発の事故直後のことを書いたかと言いますと、この最悪のシナリオ通りになるかならないかは、紙一重であったことを知っていただきたいと思ったからです。

現に『報告書』三九六頁には官邸中枢スタッフの「この国にはやっぱり神様がついていると心から思った」という言葉が引かれているのです（ただし、『報告書』は、「同じ運は、二度と同じようにはやって来ない」と釘は刺しています）。

当時、そのシナリオを知らない私でしたが、次の句とともにチェルノブイリを思い恐怖しました。

雪女チェルノブイリより来しか　　山本左門

（『星蝕』ふらんす堂、二〇〇五年）

広大な無人の野、無人の田畑、無人の村、無人の町、無人の都市の出現です。国土の全き喪失が、その先に見えたのです。

チェルノブイリも福島も知らない昭和五十一（一九七六）年に書かれた武谷三男編『原子力発電』（岩波新書）の「Ⅳ　原子力発電所の事故」のところ（一一〇頁）に、次のような一文があります。

　数百万人の立ち退きによって出現するゴースト・シティのありさまを想像することができるであろうか。

そう、まさしく私たちは想像するどころではなくそれを正に体験しようとしたのです。いや、福島ではそれに近い形で現に体験しているのです。

では、そのような事態をどのように表現したらよいのでしょうか。高度の放射性物質に汚染された、それを表現する人間の存在すら許さない誰もいない野を、田畑を、村を、町を、都市をいかに表現したらよいのでしょうか。

そんなことを考えていた時、福島在住の詩人和合亮一の『詩の礫《つぶて》』（徳間書店、二〇一一年六月）に出会ったのです。彼のツイッターで発表した詩に一つの方法を見たのです。ツイッターを順を追って見てみましょう。

平成二十三（二〇一一）年三月三十一日二十三時三十二分のツイッターでは、「一人　誰もいない　ただ一人の世界　あなたがいない誰もいない　それでも　川は川　空は空　として　光る　このように誰もいない　誰もが不在」（詩は横書き。以下同）と、「一人」（作者）を除いて誰一人いない地上は、この時点で「誰もいない」と表現されています。

四月一日二十二時五十分のツイッターには、「無人の回送バスが素通りしていく。」とあり、「無人」の語が現れ、五十四分には「無数の影がバス停の前を通過していった。（中略）影、影。福島の野を行く、地の影」と、「誰もいない」に代わり、「無数の影」が現れます。

そして二十三時、「バスに乗る。いくつか、無人の公園やガソリンスタンド、陸橋を過ぎる。」と「影」ではなく「無人」という言葉が再度登場し、六分後、ついに「一分を、一時間を、一日を、一生を、私は取り戻したい。車窓から無人の沼が見える。無人が魚釣りに興じている。波紋。」という表現に、和合は、到達します。「無人」を「無人」として存在させることで、かろうじて都市の風景を作り出しました（これは風景というよりも風影かもしれませんが）。

「魚釣りに興じている」むりやり擬人化された「無人」、なんというやるせない悲しい存在でしょう。私が求めた、一つの方法がここに提示されていました。

その後、擬人化された「無人」は、四月九日二十二時二十四分、「緊急地震速報、もしくは噂話」として「20キロ圏内、(中略)無人も飢えている、果てし無い、注意が必要です。」、「無人も仲間を睨みつけている、理由は無い、注意が必要です。」とツイートされ、無人の理不尽な侵食ぶりが描かれるのです。

二十二時四十二分、ついに見る「無人」が登場します。

「20キロ圏内。富岡。夜ノ森公園の桜はこの辺りの名所である。蕾が膨らみ始めている。無人たちがそれを眺めている。誰もいない夜ノ森。」とありました。誰もいない、無人の夜ノ森を無人たちが眺めているのです。無人が無人を眺める世界がここにあります。

表現が、「三・一一」に到達していることを体感することができる和合の「無人」です。

私は、ここで先に引いた鈴木六林男の句を思わずにはおれません。


暗い地上へあがつてきたのは俺かも知れぬ　　鈴木六林男

死者の眼から見た世界、もしくは存在しない者から見た世界がここにあります。それに通じるのが、和合がツイッター詩で到達した無人の眼で無人の地を見る世界です。

最後に、原発事故の句ではありませんが、夏石番矢の句集『ブラックカード』（砂子屋書房、二〇一二年十月）に掲載されていた次の句を記して、この項を終えたいと思います。

誰も見つめられない津波に消された人たち　　夏石番矢

「津波に消された人たち」は「誰も見つめられない」。そして、「津波に消された人たち」を「誰も見つめられない」。見つめるべき人たちも見つめられるべき人たちも、一瞬の内に「津波」によって消滅してしまったのです。誰も彼もが消滅し、互いに見つめ合う関係も消滅し、後には無人の曠野が果てしなく拡がるのみです。

＊「悪魔の連鎖」がもたらす近藤駿介原子力委員長作成のいわゆる「最悪シナリオ」（『報告書』に収録）。すなわち原子炉や使用済み燃料プールの制御ができなくなり、大量の放射性物質が放出されるに到るシナリオ。原発から一七〇キロ以遠でも強制移転、年間放射線量が自然レベルより大幅に超えるため二五〇キロ以遠にも移転希望を認める可能性があることを述べています。（ちなみに東京までは二二〇キロ―筆者）

26

荘厳《しょうごん》

分かったようで、分からない句に、

柿食へば鐘がなるなり法隆寺　　正岡子規

があります。この句に対して、どうして、柿を食べると鐘がなるのか？　といった問いがよくされます。その問いに対していろいろ回答がなされていますが、この本では、素直に「柿を食べれば鐘が鳴った」と読んで、この句を鑑賞してみましょう。こうなります。

おいしい旬の柿を食べれば至福の時がおとずれます。その至福の時を荘厳する（美しく飾る）ために鐘が鳴ったのです。その鐘は、他でもない、聖徳太子が開いたありがたいお寺、法隆寺の鐘の音だったのです。この句には、充足感があります。心安らかな秋の日の幸せなひと時があります。

ここで、私は、「荘厳」というとらえ方で、この句を味わいました。荘厳とは、仏教の言葉で、仏像や仏殿などを美しく飾り、仏の世界をおごそかなものにすることです。その荘厳を、おごそかさはほどほどにして、世界を美しく飾るという意味に広げてみたのです。この荘厳を俳句のレトリックの一つとして、句を読むのです。そうすることによって、俳句を、より美しく読むことができます。

たとえば、江戸時代中期の次のような句があります。

草刈の道々こぼす野菊哉　　藤屋露川《ふじやろせん》

草を刈って籠に入れたり、車に乗せたりして運んで行く時、野菊をこぼしこぼし行くのです。鄙《ひな》の道ですが、こぼれて行く野菊によって荘厳されるのです。作者は、江戸時代中期の俳人で、芭蕉の弟子です。

石の上花のごとくに足袋を干す　　柏　禎

昭和二十五年の句です。

句の中の人物は、物干しに足袋を干すのではなく、そこらへんにある石の上に干すのです。足袋をあたかも花のように並べ、なんでもない石を荘厳するのです。それが、人物の自然に対するささやかな敬意であるかのように。

戦後の復興がなるかならないかの昭和二十五年頃の光景と読めないこともありませんが、そのような状況を超えて荘厳の観点で十分読むことができます。

最近の句も見てみましょう。

白露なる地球しばらくいるつもり　　火箱ひろ

白露は二十四節気の一つで、ようやく秋めく頃です。今、その白露の節気に、地球に美しい露＝白露が降り、地球を荘厳しているのです。だから、この人物は、この地球を見かぎることなく「しばらくいるつもり」なのです。

読者の周りにも、荘厳の観点で読みを待っている句がたくさんあると思います。どうぞあたりを見回してみてください。

27

官能的な読み

俳句を読む時、普通われわれは、句にどのような情景が書かれているか、視覚的に読もうとします。たとえば、

おぼろ夜や少女の入りし試着室　　山本左門

は、次のように読まれます。

場所は、おぼろ月夜に照らされた試着室。その試着室に少女が今入って行きました。やがて、仮に脱ぎ、仮に着替える少女の姿が、ぼおーっと立ち現れます。読者は結論づけます。「読んでいるとなんだか不思議な世界に見えてくる句です」と。

しかし、読みはここからです。まず、一句に漂うエロティシズムを感受しなければなりません。それも、皮膚感覚も含め身体全体で身震いして、感受するのです。

その感受したことをもとに、それを言葉に変えて一句を読みきるのです。これは難しい

ことですが、鋭敏に身体感覚を研ぎ澄ませて句に向かわれることを望みます。

私の読みは、ここでは、少女がエロティックであるのではなく、エロティックなのは「試着室」そのものであるということです。

作者は、この無機質な、化学的に処理された建材で構成された「試着室」の持つ官能的な質感を表現しようとしているのです。言いかえれば、作者は、「試着室」のような様々に名付けられた物の質感をありのままに、ただ表現しようとしているのです。と、こんな風に読むのです。

それから、エロス（性愛）と官能の関係ですが、官能とはある物に対する身体的身震いであり、エロスを含みます。エロスは、その身体的身震いの高まりの激しいものであると言えます。


このように、俳句は視覚的に読むだけでなく、身体的にも読むべきものなのです。視覚的に書かれているように見える俳句も視覚的喜びだけでなく、身体的身震い、すなわち官能的喜びをあわせて体験すべきです。

おそらく、多くの読者は無意識のうちに、身体的、官能的に、多少なりとも俳句を読んでいるはずです。ただ、いざ読みの結果を言葉に表す時に、視覚優先の鑑賞法に引っ張られてしまうので、そのことに気づかないのです。

私は、この本では便宜的に様々なレトリックに分けて句の読み方を述べて来ましたが、俳句を読むということは、いろいろな観点から複合的に読むことであることを忘れないでください。

では、他の句もいくつか挙げて、官能的読みを試みてみましょう。


淋しかり林檎を一つ剥き終わり　　高尾田鶴子

淋しさが突然句の中の人物に沸き起こりました。それは、林檎という物の存在を感じつつ林檎を一つ剥き終わった結果でした。読者は、この淋しさを、この句を読むことで、この人物に寄り添って体験しなければならないのです。全身を淋しさに打ち震わせながら、この淋しさはなにか、自らに問わなければならないのです。

やがて、読者は、先ほどまで輝いていた真っ赤な林檎が一つ世界から無くなっていることに気づくのです。林檎を剥いた人物は、それに気づきふいに淋しくなったのです。ていねいにていねいに心をこめて剥いた林檎だからこそ、その喪失は全身に深い淋しさをもたらしたのです。林檎の真っ赤な命の輝きは、そこにはもはやありませんでした。

人類の旬の土偶のおっぱいよ

池田澄子

「土偶のおっぱい」は、もちろん素焼の土人形「土偶」の「おっぱい」です。だから、「おっぱい」も当然素焼の土です。

しかし、読者には「おっぱい」は「おっぱい」そのものとして読まれるはずです。なぜなら、「おっぱい」という言葉は、読者にはあまりに官能的だからです。土のおっぱいを超えて、生身の「おっぱい」として感じ取られるのです。それも人類の旬の時代、すなわち一番新鮮なはつらつとした時代の豊かさとかわいらしさをたたえたおっぱいとして。「おっぱいよ」の「よ」は、土偶のおっぱいに、生身のおっぱいそのものを感じ取った感動です。

「土偶のおっぱい」は、言葉の意味通りに読むのではなく、「土偶のおっぱい」を、全身で感じることがたいせつです。

28
異語

私は、かつて俳句的美の世界を拡張し、活性化させ続けてきた言葉を中に持つ俳句（発句）を、「古典」から「現代」まで一〇〇句選びました。＊

そして、その一句一句が持つ言葉は「俳句的美の世界を拡張し、活性化させ続けてきた様々な言葉」のうちどれに当たるか、分類をしました。

俗語、漢語、ことわざ、新語、造語、外来語、人名、地名、新語彙＊＊、駅名の分類項目で分類して行きましたが、こまった言葉に出会ったのです。

こまった言葉とは、蕪村の次の句に含まれる「鴻臚館（こうろかん）」でした。

白梅や墨芳しき鴻臚館　　与謝蕪村

これは鴻臚館という千年前の王朝時代の迎賓館を、江戸中期の蕪村が、白梅と墨の匂いで今によみがえらせている句です。私は、「鴻臚館」という言葉を、先の分類項目のどこに入れようか迷いました。

「漢語」と言ってしまえばそれまでですが、「鴻臚館」という言葉は日本の外交施設の名です。中国には、「鴻臚寺」というものがありますが、「鴻臚館」はありません。だから「漢語」の「漢」という言葉にひっかかりを感じたのです。

次に「古語」というジャンルを考えてみましたが、大和言葉の「古語」ではないので、ふさわしくないと思いました。そこで思いついたのが、「異語」というジャンルです。

大辞林を引いてみましたが、そのような言葉はありませんでした。これは、期せずして私の造語のように思われました。私のこの「異語」によせる気持ちはこうです。

「異語」とは、読者の属する世界とは異質な世界の言葉というほどの意味です。そして、一般にあまりなじみのないことが条件です。しかし、なじみがないとは言え、読者に、これは一体どこの言葉か不審に思わせ、なんとなく分かったような実は分からない、一種不可思議な思いをいだかせる不思議な響きを持つ言葉であることが必要です。

その典型は、小川双々子の句にあります。

風や　えりえり　らま　さばくたに　菫　　小川双々子

「えりえり　らま　さばくたに」は、新約聖書にある、十字架上のキリストの言葉「わが神、わが神、なんぞ我を見棄て給ひし」の原語のひらがな表記です。それが、日本語と重層するように仕組まれているのです。

「えりえり」は、風の吹く様を表すオノマトペであり、「らま」は、動物の「ラマ」、「さばくたに」は、「砂漠谷」です。＊＊＊

当然、そのような言葉は、繰り返し使われることを好みません。一回性の言葉であることが望まれます。

そういうわけで、私は、「鴻臚館」を異語としました。

異語は、ルビとして現れる場合があります。これは、そのような響きのする言葉が存在する異質な世界（次の句の場合はソ連邦シベリア）を読者に伝えようとするのです。

帰国《ダモイ》の話冬木の瘤に斧弾ませ　　菊地滴翠

また、植民地俳句においても、内地の読者が植民地の言葉を使った俳句を鑑賞する場合、当然その植民地の言葉は異語性を持ってきます。投句者の姓名の上に在住地「樺太《からふと》」とあれば、読者はそれを感じ取ることでしょう。

朝霧やカナチは布をかむり立つ　　樺太・岡部巴峡

「カナチ」はオロチョン族の娘のことです。当然この句は、現地の俳句界においては容易に了解されたことでしょう。異語になるのもならないのも、読む者の立場による場合があるということも忘れてはならないことです。

＊坪内稔典・夏石番矢・復本一郎編『時代と新表現』雄山閣出版、一九九八年。
＊＊新語彙とは、前から知られていた言葉ですが、俳句にそれまで使われなかった言葉。
＊＊＊この句について、詳しくは、『武馬久仁裕句集』（ふらんす堂、二〇一五年）所収の「小川双々子の俳句と言葉」をお読みください。

29 動詞で取り合わせ

山口誓子の昭和の初めの頃の句を読んでいた時に気づいたのが、誓子の動詞の使い方でした。その頃、誓子は、俳句の作り方として、「写生構成・モンタアジュ」という独自の手法を主張していました。誓子の言葉に

一句においては、
「甲」と非「甲」との衝撃によって生ずるそれ以上のものへ。
（「詩人の視線」『ホトトギス』昭和八年四月）＊

があります。検閲を意識しているのか、箴言風に書かれていますので、少々分かりにくいのですが、これはいわゆる関係ない異質な物やことを組み合わせ面白がる俳句の取り合わせという技法と同じように思われます。

その取り合わせという技法を現代化させ、昭和前期の急速に現代化する変貌著しい世界

に持ち込んだのです。誓子は、次のようにも述べています。

「写生」とは「現実の尊重」

「構成」とは「世界の創造」

そして、「写生構成」とは「現実に近づき、然も現実を無視すること」

（「現実と芸術」『欅』昭和七年八月）＊

誓子は、今までの俳句の手法では描ききれていない現代化する世界を、俳句で書こうとしたと思われます。誓子は、今まで俳句で描ききったことのない新しい光景を、眼前の『甲』と非『甲』との衝撃によって」俳句上で構成したのです。次のように。

夏草に汽罐車の車輪来て止る　　山口誓子　　昭和八年

ピストルがプールの硬き面にひびき　　同　　昭和十一年

夏の河赤き鉄鎖のはし浸る　　同　　昭和十二年

これらを見ていて、「甲」と非「甲」をつなぎ合わせる際、力を発揮しているのが、動詞ではないかと思ったのです。動詞は「甲」と非「甲」の対立、すなわち衝撃を内に秘めたまま一句にまとめ上げる強力なキーワードとして機能しているのです。

たとえば、最初の「夏草に汽罐車の車輪来て止る」は、「夏草」と「汽罐車の車輪」が、「来て止まる」によってつなぎ合わされ、構成されて一句としてまとまっています。

二句目「ピストルがプールの硬き面にひびき」は、「ピストル」と「プールの硬き面」が、「ひびき」によってつなぎ合わされ、構成されて一句が実現しています。

三句目「夏の河赤き鉄鎖のはし浸る」は、「夏の河」と「赤き鉄鎖」が「はし浸る」とりわけ「浸る」によってつなぎ合わされ、構成されて初めて一句として成立しているのがお分かりいただけると思います。

この動詞によって、強力に取り合わせを実現し、しかも世界を動いているものとしてとらえることに成功しています。これこそ、誓子が、

この構成の領域は芸術の秘密工場である。芸術作品の総てはこの工場に於て秘密を附加されて芸術市場に搬出されるのである。

（「写生論の変遷」『俳句研究』昭和九年十二月）

と言っているところのものではないでしょうか。誓子は動詞を自覚的に自らの方法の中心にすえていたのです。以後、この動詞の使い方は俳句において一般化して、今日に至っているように思われます。

たまたま日本経済新聞の夕刊の「現代俳句の最先端4」（青木亮人、二〇一八年七月二十五日）を見ていましたら次のような句が引かれていました（各作者三句の内二句を取り上げました）。

金魚揺れべつの金魚の現れし　阪西敦子
絵踏する女こつちを見てをりぬ　同
洋梨とタイプライター日が昇る　高柳克弘
手袋に人欺きし手を包む　同

二人の句は、誓子の句と同じようにすべて動詞によって、取り合わせが成立しています。阪西敦子の金魚の句は、「金魚」と「べつの金魚」が、「揺れ……現れし」によって一つの世界に構成されています。

この句について私の読みを述べてみます。まず上五の金魚が揺れ、世界が揺らぎます。

そして、その揺らぎからべつの世界の金魚がふわっと現れるのです。日常のなんでもない光景も俳句に仕立てると、このように不思議な世界になるのです。

一句に「金魚」という言葉が二つもある豪華な句です。

絵踏の句は、「絵踏する女」と「こつち」が、「見てをりぬ」によって一つの世界に構成されています。あっち（昔）とこっち（今）が一つになったこれも不思議な句です。

高柳克弘の洋梨の句は、「洋梨」と「タイプライター」が、「日が昇る」とりわけ「昇る」によって一つの世界に構成されています。日が昇ることによって浮かび上がってくる世界です。まさに「写生構成」です。

「手袋」の句は、「手袋」と「人欺きし手」が、「包む」によって一つの世界に構成されています。目を細めてこの句を見れば、遠くに誓子の句が見えてきました。

手袋の十本の指を深く組めり　　山口誓子　　昭和十年

これらの句を読んでいますと、連綿と続く現代俳句の流れを思わずにはおれません。

＊引用は、『山口誓子全集』第七巻（明治書院、一九七七年）によりました。

付録

重層的読み方と視覚詩的読み方

――俳句と短歌――

1　小川双々子を重層的に読む

雪の電線今カラデモ遅クハナイ　　小川双々子

小川双々子の句集『囁囁記』（書肆季節社、一九八一年）の一句です。

双々子の句は、端的に言えば、言葉の重層化によって成り立っています。言葉の多義性を巧みに使い、一義的ではない重層的な奥行きのある句に仕立てているのです。すなわち、一句を構成する一つひとつの言葉が相互に響き合って複数の意味・イメージが読者の前に現れるようにできています。

さてこの句ですが、一読、漢字カタカナ表記の部分は、大雪の昭和十一年二月二十六日午前五時頃勃発した、二・二六事件と呼ばれるクーデターの際に、反乱軍兵士に宛てて戒厳司令部から発せられた投降を促す文書、放送の一節だということが分かります。

左の文は、飛行機から撒かれたガリ版刷りのビラ（伝単）の文句です。これは戒厳司令部の文書「兵に告ぐ」を簡略にしたものです（原文は、漢字にカタカナの振り仮名が付いています）。

下士官兵ニ告グ
一、今カラデモ遅クナイカラ原隊へ帰レ
二、抵抗スル者ハ全部逆賊デアルカラ射殺スル
三、オ前達ノ父母兄弟ハ国賊トナルノデ皆泣イテオルゾ
二月二十九日　　　　戒　厳　司　令　部

さて、「雪の電線」の句です。

いったい、この句において何が「今カラデモ遅クハナイ」のでしょうか。そんなことは分かっていいます、と言われるかもしれません。今からでも遅くないから、自分の属する原隊に帰れば罪を問われない、ということですと。歴史的にはそうに違いありません。二月二十九日午前八時四十八分の臨時ニュースで放送された「兵に告ぐ」の一節においては、

今からでも決して遅くはないから、直ちに抵抗をやめて軍旗の下に復帰する様にせ

よ。そうしたら今までの罪も許されるのである。

とありますので。

次に、ではなぜ、「雪の電線」でしょうか。

読者は答えるでしょう。二・二六事件当日は大雪でした。だから、「雪の電線」とは、当日の雪が電線に積もった光景を描いているのですと。

はたしてそれだけでしょうか。俳句に書かれたことをある状況に引きもどして読む状況還元的な読み方ではそうかもしれませんが、句の言葉に即して読めば、「雪の電線」に象徴性を帯びた言葉が見えてきます。

「雪」及び「電」はともに雨冠の、天の象を表す漢字です。漢字カタカナ交じりの言葉は、常ならぬ言葉であり、それは、天から下された言葉でした（大日本帝国憲法を思い出してください）。放送され、仮設されたスピーカーからも繰り返し流された「兵に告ぐ」の冒頭はこうです。

兵に告ぐ。勅命が発せられたのである。既に天皇陛下の御命令が発せられたのである。

それは、兵士たちにとっては、正に天からの声でした。そして、二月二十九日午後二時、下士官兵はすべて原隊に復帰しました。

このように、一句は、「雪の電線」から「今カラデモ遅クハナイ」へと、無理なく展開します。

しかし、ここで再度問いたいと思います。「はたしてそれだけでしょうか」と。双々子の読者は、双々子の方法である言葉の重層性を踏まえて読みを進めなければならないのです。

「今カラデモ遅クハナイ」は、左のように「雪の電線」で明確に切れを読み切った時、大元帥たる近代の天皇（制）とは別の超越者の言葉へと転換するのです。

双々子はその超越者の言葉を「今カラデモ遅クハナイ」と一句に書き留めたのです。

雪の電線／今カラデモ遅クハナイ

「雪の電線今カラデモ遅クハナイ」の一義は、前述のように戦争を目的とする全体主義的国家総動員体制（総力戦体制）の確立へと急速に展開する画期となった二・二六事件です。その二・二六事件の象徴的言葉「今カラデモ遅クハナイ」は、一句において、双々子によって、意味の転回がなされました。

双々子の超越者は言います。あなた方はまだ
「今カラデモ遅クハナイ」。

同じ道を歩むな、と。

「雪の電線」の句は、このような多義性が統一された一句なのです。

2 正岡子規の「瓶にさす藤の花ぶさ」の歌を視覚詩的な観点で読む

――状況還元的な読み方を超えて――

正岡子規の有名な歌に、次の歌があります。

瓶にさす藤の花ぶさみじかければたゝみの上にとゞかざりけり

多くの解説は、この歌の載っている『墨汁一滴』の

仰向に寝ながら左の方を見れば机の上に藤を活けたるいとよく水をあげて花は今を盛りの有様なり。(明治三十四年四月二十八日)＊

の文章によっています。鑑賞が、この藤に触発されて病床の子規が右の歌を作ったという、子規の状況と切っても切れない形でなされているのです。

たとえば、永田和宏は『近代秀歌』（岩波新書、二〇一三年）でこのように言います。

「病床六尺」が唯一の生活の場であった子規にとって、その場で目に触れるかぎりのものが世界であった。その世界の豊かさ、あるいは空間を、藤の花房が畳の上に届かないという距離によって、実感していたということもできようか。

そして、永田はこの歌を次のように評価するのです。

意味的には、まことに他愛のない歌であり、あらためて考えてみると、この歌がなぜこれほどまでに人口に膾炙しているのか、よくわからない。作品としては、『まとまっていてまず水準作といっていいのではないか』（岡井隆『日本名歌集成』）とでも評価するのが妥当なところだろう。（前掲書）

明らかに子規のおかれた状況からのみこの歌を読むという姿勢が、この評価につながっているように思えます。では、はたしてこの歌は「水準作」を超える歌ではないのでしょうか。永田は、状況からこの歌を掬い上げているかのようです。

病床六尺の空間を子規は「藤の花房が畳の上に届かないという距離によって、実感していたということもできようか」と。

ここからは、状況から離れて、この歌の表現に即して読もうという姿勢が見られません。確かにこの歌は、瓶（かめ）に挿した藤の花房がわずかに短かったので、残念なことに畳の上に届きそうで届かなかったことだ、というだけの写生のお手本のような歌かもしれません。

しかし、歌は「意味的には、まことに他愛のない歌」だからといって、それだけで切捨ててもよいものでしょうか。この歌の面白さ＝美を見出せないのは、この歌が生まれたとされる子規をとりまく状況に引きもどしてこの歌を鑑賞しようとしているからではないでしょうか。いったん、子規と藤の花の状況から離れて、言葉の芸術としてこの歌を、歌の姿形も含めて鑑賞すべきだと思います。そこで、この歌を素直に眺めてみますと、その文字の配列の美しさに気づくのです。これこそが、この歌の美の核心なのです。

作者は、瓶に挿された藤の花の姿を、言葉で表現したのですが、同時に文字の姿形＝形象でも表現したのです。

ひらがなの続く第二句からの「藤の花ぶさみじかければたゝみの上にとゞかざりけり」は、藤の花房の垂れ下がる姿の形象になっているのです。漢字がわずか三つしか使われていないのはそのためです。

そして、第四句の「上」だけが漢字になっているのは、藤の花房が届いてほしい到達点だからです。

途中に混じる踊り字「ゝ」「ゞ」が、花房の姿に適度に変化をもたらし、最後の文字「り」によって、「たゝみの上にとゞ」こうとしている花房の尖端が形象化されています。まことに見事な美しい歌です。あらためて、一首を書いてみます。その美しさがお分かりいただけるでしょう。


瓶にさす藤の花ぶさみじかければたゝみの上にとゞかざりけり

石川九楊の言うように「日本語とは、漢字とひらがなとカタカナを用いることを内在化している言語である」(『日本語とはどういう言語か』講談社学術文庫、二〇一五年)。したがって、文字で日本語を表現する場合、その内容を三種の文字の内どの文字を使って表現するかで微妙なニュアンスの違いが生まれてきます。そして、そこには文字の形象が密接に関係してくるのです。

たとえば、よく例に出される安西冬衛の「春」という短詩があります。

てふてふが一匹韃靼海峡を渡つて行つた。

「てふてふ」を「蝶々」としたのでは、この詩は死んでしまうでしょう。それと同じことが、先に述べたようにこの子規の歌でも言えるのです。この「瓶にさす」の歌は、一行縦書きによって上から下へと真っ直ぐに下るひらがなと漢字のおりなす形象と、歌の意味とをぴったりよりそわせて鑑賞することを読み手に期待しているのです。この一首を読み下すことからくるトータルな心地よさこそ、この歌の持つ美なのです。今述べたことを、子規の、同じく四月二十八日当日の他の「瓶にさす藤の花ぶさ」に始まる歌で見てみましょう。

瓶にさす藤の花ぶさ一ふさはかさねし書の上に垂れたり

瓶にさす藤の花ぶさ花垂れて病の牀に春暮れんとす

一つは「とゞかざりけり」と同じく「上に垂れたり」と「り」で終わり、もう一つは「春暮れんとす」と「す」で終わっています。「り」も「す」も、ともに文字の尖が右上から左下へすらりと伸びた文字です。

念のため、瓶にさすものが「梅」の歌の場合はどうかと『正岡子規全歌集　竹乃里歌』(岩波書店、一九五六年)を見てみますと、次の一首がありました。

瓶にさす梅はちれ丶ど庭にある梅の木咲かず風寒みかも

この歌は、「風寒(かぜさむ)みかも」と「も」で終わっていました。「瓶にさす藤の花ふさ」の歌が「り」「す」で終わっているのは、単なる偶然とは思えないのですが。いかがでしょうか。

＊岩波文庫より引用。

あとがき

この本を書くに当たり多くの方にお世話になりました。

真っ先に感謝しなければならないのは、昨年六月に九十七歳で亡くなられた文芸学者の西郷竹彦先生です。

特に、私が一編集者として制作・編集に携わらせていただいた『名句の美学』（上・下）（一九九一年、黎明書房）＊からは、多くのことを学びました。一語一語言葉に即して読むこと、言葉は一面的に読むのではなく多面的に読むことなどです。

西郷先生のお別れの会で、先生に学んだお一人が、西郷先生が生前『名句の美学』で一番得したのは武馬さんだな」とおっしゃっていたとお聞きしました。

まさしくその通りで、この本がその成果と言えます。

また、俳誌『ロマネコンティ』の播磨穹鷹代表初め同人の方々には、大変お世話になりました。

この本の原稿の中心になったのは、『ロマネコンティ』誌で、九年ほど書かせていただいた「同人作品鑑賞・評」です。「金色の研究」「縦書きの研究」など思い出深い文章ばかりです。それらを、加筆訂正し掲載いたしました。そこには、同人の方々の佳句を引用させていただいております。

そして、私が所属する坪内稔典代表の船団の会編集『船団の俳句』(本阿弥書店、二〇一八年)からは、個性豊かな句を多く引かせていただきました。

その他、私が所属している現代俳句協会編集・発行の『昭和俳句作品年表(戦前・戦中篇)』(二〇一四年)、『昭和俳句作品年表(戦後篇)』(二〇一七年)初め、多くの書籍、句集からも例句を引かせていただきました。

お世話になりました皆様方に深く感謝いたします。

二〇一八年九月五日

著者

＊『増補・合本　名句の美学』として、黎明書房より、二〇一〇年に再刊されました。

著者紹介

武馬久仁裕

1948 年愛知県に生まれる。

俳人。現代俳句協会理事。

主な著書

『G 町』（弘栄堂）

『時代と新表現』（共著，雄山閣）

『貘の来る道』（北宋社）

『玉門関』（ふらんす堂）

『武馬久仁裕句集』（ふらんす堂）

『読んで，書いて二倍楽しむ美しい日本語』（編著，黎明書房）

『武馬久仁裕散文集　フィレンツェよりの電話』（黎明書房）

現住所：〒 509-0264　岐阜県可児市鳩吹台 1 丁目 60 番地
ホームページ：円形広場　http://www.ctk.ne.jp/~buma-n46/

俳句《はいく》の不思議《ふしぎ》，楽《たの》しさ，面白《おもしろ》さ

2018 年 9 月 27 日　初版発行

著　者　武《ぶ》 馬《ま》 久《く》仁《に》裕《ひろ》
発行者　武 馬 久仁裕
印　刷　株式会社 太洋社
製　本　株式会社 太洋社

発 行 所　株式会社 黎《れい》 明《めい》 書《しょ》 房《ぼう》

〒460-0002　名古屋市中区丸の内 3-6-27　EBS ビル　☎ 052-962-3045
FAX 052-951-9065　振替・00880-1-59001
〒101-0047　東京連絡所・千代田区内神田 1-4-9　松苗ビル 4 階
☎ 03-3268-3470

落丁本・乱丁本はお取替します。

ISBN978-4-654-07664-2